JN077827

谷崎潤一郎　吉行淳之介 ほか

猫は神さまの贈り物

〈エッセイ編〉

実業之日本社

実業之日本社文庫

猫は神さまの贈り物

エッセイ編

目次

猫と犬／猫——マイペット

谷崎潤一郎

猫と犬

手前が猫好きになりましたのは、ボードレール先生なんかの影響が多分にあるのかも知れません。尤《もつと》もボードレール先生は犬はお嫌ひだつたやうですが、手前は犬も好きでございました。しかしどちらが餘計《よけい》好きかと云《い》はれますと、それは矢張《やはり》猫の方でございますな。猫は我《わ》が儘《まま》でなか〳〵飼ひ主の云ふことを聴きません、却《かへ》つて飼ひ主を自分の思ひ通りに使ひます、その點《てん》は犬と正反對《はんたい》でございますが、猫好きの人間にはその我が儘なところが又たまらなく可愛いんでございます。いつたいに猫好きの人間にはフェミニストが多いと申しますな。猫を可愛がる男、猫の云ひなりになる男は、大概《たいがい》女性にも云ひなりになる、だから御婦人は猫好きの男子と結婚なさるのがよろしい、さう云ふ旦那さんはきつと奥さんにも優しいと申しますな。

男でも女でも、世間には猫好きの人間より犬好きの人間の方が多いやうでございますな。尤も故泉鏡花先生なんかは極端な犬嫌ひでいらつしやいましたが、一般には「猫は嫌ひだ」「猫は陰険《いんけん》だからイヤだ」と申される人の方が多うございますな。志賀直哉さんなんかも明かに犬黨《とう》の方で、「猫は嫌ひだ」と仰《お》つしやつてらつしやいます。家庭の女中さんなんかは、ちよつと油斷してゐる隙《すき》にお魚を攫《さら》つて行かれたりお刺身を食べられたりしますので、猫をイヤがるのが普通のやうでございます。松本おさださんは、自分が家を留守にすると女中さんが猫をいぢめる、歸《かえ》つて來ると猫が「いぢめられた」と云つて自分にいつけ口をする、猫が口を利く譯《わけ》ぢやあございませんが、様子でそれが分るやうにすると、申しとられましたな。ですからおさださんとこの女中さん方は「猫に告げ口されますさかい」と云つて恐がつてをられました。以前手前共では女中さんを雇ひます時に、「うちには猫も犬もゐるんですが、あなたは猫は嫌ひぢやないかね、犬はどうかね」と念を押しまして、なるべく動物好きの女中さんを歓迎《かんげい》するやうにしてをりました。この頃ではそんな贅澤《ぜいたく》も云つとられませんが。

○

大體《だいたい》に、猫より犬の方が賢いことは殘念ながら認めなければなりません。しかし事と物に依つては猫の方が勝《まさ》つてゐることもございますな。名前を呼ぶと、猫はニヤアと云つて返事をいたします。氣が向かないと、分つてゐながら默つてゐることもございますが、御機嫌の時は必ず返事をいたします。何か御馳走が貰へさうな時は猶更《なほさら》でございます。そこらが猫の我が儘なところでございますが、犬は名前を呼びましても、首をこつちへ向けるとか喜びの色を眼に現はすとか、手ごたへはございますけれども、ワンと云ふ返事はいたしませんな。

それから、犬の方が明かに劣つてゐると思はれますのは、味覺でございます。たとへば菓子を與《あた》へましても、犬はパクリと一と口に食べてしまひますので、細かい味を味はひ分ける暇《ひま》がございません。そこへ參りますと、猫は物の味を實《じつ》に細かに理解いたします。昔手前はイギリス種のチユウと申す鼈甲《べつかふ》猫を養つてをりましたが、これは實に怜悧な猫でございました。或る時燒いた鯛の肉と鮭の肉とを粉々に小さく刻み、分らないやうにごちや〳〵に交ぜ合はせまして與へましたところ、鯛の肉の方を念入りに選《え》り分けて食べまして、鮭の方は一つも食べずに綺麗に殘してしまひましたのには、呆れたことがございました。只今《ただいま》はペルと申すペルシヤ猫を養つてをりますが、これも味覺は頗《すこぶ》る鋭敏でございます。生物《なまもの》が好き、殊《こと》に刺身が好きでございますので、生物はために惡いと存じながらもついつい與へるのでございますが、食卓の上に刺身が載つてをりますと、外の物を與へましても見向きもいたしません。それからこの間、東京から届きました中華料理の冷菜《リアンツアイ》が殘つてをりましたのを、手前が一日經《た》つてから食べてみましたら、味が變《かは》つたと云ふ程ではございませんでしたが、前日よりも不味《まづ》くなつてをりましたので、傍にゐたペルに與へましたところ、ペルは昨日は食べました癖に、今日は食べようといたしません。これにも驚いてしまひました。

○

もう一つ、猫の方が犬よりも飼ひ易いと思はれますのは、壽命《じゆみよう》が長いことでございますな。近頃はヂステンパーや狂犬病にもよい注射が出來たやうでございますけれども、フイラリアなどに罹《かか》りますと、矢張なか〳〵直りにくいものでございます。猫の壽命は十八年ぐらゐが最長だと伺ひましたが、前記のチユウなども十三年ぐらゐは生きてをりました。阪急の岡本の家を疊みます時、チユウを友人の妹尾健太郎君に譲りましたが、妹尾君の先夫人が亡くなられましても、なほ生き殘つてをりました。犬は到底そんな譯には參りません。今までにグレイハウンド、シエパード、コリー、廣東犬のチヤウ、ポメラニアン、柴犬、秋田犬、セツター、ポインター、シープドツグ、と、隨分いろ〳〵飼ひましたが、短いのは一二年、長いのでせい〴〵五六年の壽命でございました。歐陽予倩《せん》さんがわざわざ廣東から送《おく》つて下すつた番《つが》ひのチヤウが、日本には珍しい實にいゝチヤウでございましたのに、到着後一二

箇《か》月の後に忽《たちま》ちヂステンパーに罹つて二匹とも亡くなりましたのは、今でも残念で溜りません。（「當世鹿もどき」より）

猫――マイペット

飼つたと云へば、横濱時代にも飼つたことはあつたけれど、だいたい日本の猫が嫌ひなのと、外國の好い猫が、容易に手に入らなかつたので、僕の猫ずきも隨分古い話だが、本當《ほんたう》に猫を熱心に飼ひ出したのは、何と云つても七八年前關西《かんさい》に住むやうになつてからのことだらう。

今ではペルシャ猫が三匹と、アメリカ猫一匹、イギリス猫一匹、それに日本猫の血のまじつた混血猫一匹と、みんなで六匹ゐるのだが、このうち、二匹のペルシャ猫はこの間アメリカから歸つて來た上山草人のみやげに貰つたものである。本當をいへば、草人が持つて歸つて來てくれたのはペルシャ猫四匹で、シルヴァの雌雄とブリュウの雌雄であつた。だいたい猫と云ふものは既に夫婦になつてゐるのは別だけれど、たゞ雌と雄とを同じところで飼つてゐたのでは、子供を生まない、どうも別々に外へ出て行つて、どこかの野良猫と一緒になつてしまふ——さういふ經驗が、これまでにあるものだから、その四匹のうちシルヴァの雄とブリュウの雌を、動物ずきの奥村さん（大阪毎日編輯總務《へんしゆうそうむ》）に贈《おく》ることにしたのだつた。それが、僕が貰つて家へ歸つてから一週間ばかりたつた十二月卅日の夜だつたが——どうしたものか殘されたシルヴァの雌が見えなくなつた。何しろ年末のことで家中のものが何やかやで忙しかつたので何時《いつ》の間に出て行つたのか、誰も氣づかずにゐたのだが、ひよつとするとシルヴァの方はアメリカにゐる時分から夫婦だつたかも知れない——と云つても、猫がゐなくなるのは今までにもよくあつたし、どこへたづねて行くあてもないから、もし盗まれたのなら仕方はあるまいが、もしか家を忘れて迷つてゐるなら、僕のところの猫はこの近所の村の誰もが知つてゐるから連れて歸つてくれるだらうと、氣にかゝりながらもそのまゝになつてゐたのだが、不思議と云へば不思議なことに、十日夜、大阪で草人に會つて共に話して、共に飮《の》んで朝がたになつて歸つてくると——シルヴァが歸つてきました。……………といふ話だ、何でも村の方で迷つてゐたのを八百屋か誰かが親切に連れて來てくれたと云ふことだつたが、本當に嬉しいと思つた。

もう一匹のブリュウの雄はまだ本當の子供で、ヘットをなめ過ぎて腹をこはして今は病院に入つてゐるけれど、草人が持つて歸つた猫は四匹ともアメリカでも有名な猫の子供で、ちやんとした系圖《けいず》が後から届いたが、なかでも奥村さんに贈つたブリュウの雌はアメリカのどこやらの展覧會で賞狀を貰つたものなんださうだ。

ちよつと手には入らないが、僕の好きなのはシャム猫で、オーストラリア猫はある人に去年から依頼してあるがまだ届かぬ。どちらかといへば人間と同じやうに猫でもたゞ美しいと云ふのよりも利口なものが僕にはよい。美しいだけのはすぐに飽きるが、利口な猫がゐなくなつたり、死んだりすれば本當にホロリとするものだ。

（談）

たにざき・じゅんいちろう（一八八六～一九六五）作家

養猫記

奥野信太郎

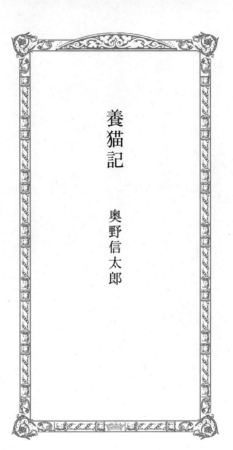

猫が陰険な動物だということは嘘である。いまぼくの家には六匹の猫がいるが、一時は十匹を越えたことがあって、さすがのぼくもこのときばかりはなにかにつけてかなり弱ったが、いまいる六匹のうち、牝《めす》が二匹いるから、これがお産をすることを思うと、またもや十匹になる日もさして遠くはないであろう。

猫のあたえる損害の最大なものは、畳建具のいたみである。しかしそのおかげで鼠がまったく影をひそめてしまったから、これを思えば畳建具くらいは我慢ができる。

猫という動物は実に平和な動物である。こうして何匹も一軒の家にいると、自然、親しい仲間という気がしてくるせいか、喧嘩ということは少しもしない。夜はみんな塊《かたま》って寝るし、夕方はきまって全部揃《そろ》って庭に出て遊ぶ。

庭に出て遊んでいるありさまを、部屋のなかから眺めていると、ちょっと猛獣の放し飼みたいな景観があって、これがなかなかおもしろい。それではいつもこうしていっしょにばかりいるかというと、けっしてそうではなく、あれで結構、思い思いの生活をもっていて、たった一匹だけの行動をとっている。犬好きの人は、猫は愛嬌がなくて図々しいから嫌だという。しかしそれは猫の観察が足らないからそうみえるのであって、猫は実に人の気もちをよく読むものだ。

家の猫はみんな名無しの権兵衛《ごんべえ》だ。もともとふらりとはいってきて、そのまま いついた牝猫から生れた眷族《けんぞく》であるから、そのいわゆる〝お母ちゃん〟という普通名詞で呼んでいる母猫の子供は、みんなそれ流に特徴をとって呼んでいるだけであって、よその猫みたいな特別の名前は一つもない。

たとえば〝デコ〟〝尾無し〟〝神経痛〟〝黒チビ〟〝白チビ〟のごときものである。名前なぞは猫にとっては無意味なものであろうし、ただこっちだけの心覚えにすぎないものだから、これでぼくはいいことにしている。

〝お母ちゃん〟は子供を育てることはそれほど下手ではないが、お産のあと、一ヵ月ばかりして子供をくわえて移動しはじめると、こっちは気が気でない。一度四匹の子供を生んで移動したまではよかったが、そのうちの二匹を、どこかに忘れてきてしまってとうとう発見できなかったことがあったからだ。

猫が仔猫をくわえて寝床の移動をすることを、よく人間があんまり仔猫をいじくりまわすから、それで他所にかくすのだというが、ぼくはそうは思わない。その証拠に、仔猫を生んだ直後には、たとえどんなに人間が覗きこんでも、一向平気な顔をして移動のイの字も試みようとはしない。かならずある日数がたってからこれをはじめる。これは寝床に仔猫の臭気が強くつきだすと、自然に種族防衛の本能から、寝床の移動をするものだと思う。これに類したことはやはり死の直前、臨終に際してもみられることである。

以前飼っていた仔猫が、夏中あんまり虫をとって食べすぎたために、虫の触角や繊毛が腹壁にいっぱいつき刺さって、重い病気にかかり、さんざん医療の手をつくしたが及ばず、とうとう死んでしまった。その臨終が近づいてきたとき、いまのいままでじっとして動かないでいた仔猫が、俄《にわ》かにおちつかない様子をして、悲しげな声を出して泣き、あっちこっちひょろひょろしながら歩きまわりはじめた。どんなに寝かせておこうとしてもだめである。しかたがないからそのままにしておくと、やがてまたもやひょろひょろと歩きだし、渾身《こんしん》の力をふるって庭に出て、小走りに走って、茗荷《みょうが》の茂みのなかにもぐりこんだかと思ったら、そこでばたりと倒れて事切れたのであった。

離れた場所で一匹だけ寂しく死んでゆくのは、これもやはり群の在りかを、他の動物に嗅ぎつけられまいとする種族防衛の本能から、自然にそうなるのだと思う。ぼくはこの仔猫が死んでゆくありさまを眼のあたりにして思わず泣かされてしまった。

わが家の猫はみんな駄猫ばかりであって、ペルシャだとかシャムだとかいうような名物ものは一つもいない。この方が結局は気が楽である。渋谷の呑屋〝とんぺい〟には齢十歳に及ぶみごとなペルシャの牝がいるが、犬とちがって拘束しておくわけにはいかないから、猫は平気で駄猫との混血を生むので、せっかくの種を保存することができないと、お内儀さんがこぼしていた。

ペルシャといえば北京にはたくさん長毛の猫がいる。あちらの人はこれは蒙古《もうこ》猫だといっているが、もし日本につれてきたら、やはりペルシャで通るのではないだろうか。この蒙古猫と称するものは、日本の猫に比べると、その性剽悍《ひょうかん》で野性に富んでいる。この猫がのっそりと中庭を歩いているとき、楡銭児《ユイチエル》が音をたてて落ち散ってくる情景などは、いかにも北京らしいそれであったことを思いおこす。

ぼくは猫に、ちゃんちゃんこを着せたり、首輪をつけたりする趣味を、好まない。猫は猫として、快適に生活させてやるのが一番いいと思っている。ただ人間が猫の健康にだけ注意しておいてやれば、あとは万事猫まかせにしておくべきである。それが一番猫を可愛がる所以ではないだろうか。猫は長い間の習性で、人間に依存して生活してゆくのが、おのれの生活態度だということを、百も承知しているが、しかし人間に、人間本位の気もちから、人間の趣味嗜好を押しつけられることは、この上もなく迷惑に感じている。ちゃんちゃんこや首輪は、要するに人間の趣味であって、猫にとってはとんだ迷惑以外のなにものでもない。

愛猫家といえば村松梢風《しょうふう》さんほどの人はちょっとないと思う。猫の数だけ猫用のベッドがあって、冬は猫専用の電気ストーブが点じられる。それから健康についてはは皮膚病にかからないために、これも猫専用の太陽灯があり、一週に一二回猫医者が健康診断にやってくる。また食事は刺身が主食で、おかずは鯵《あじ》ときまっているが、この食事には毎日よそからの通い猫が御招伴《ごしょうばん》にあずかるというのだから、並大抵のことではない。ぼくの家では、とてもこんなまねはできないので、冬は電気座蒲団《ざぶとん》をあてがってやる程度のことしかやっていない。それでも猫はなんの不平もいわずに、みんな仲よく電気座蒲団の上に塊って寝るし、またよくしたもので、ときどきお腹をこわすことくらいはあっても、幸、病気と名のつくような病気にかかったことがないのはなによりである。

鼠をとらなくても、猫がいるだけで鼠が、ことりとも音をさせなくなったのはなによりありがたいことだ。中国にも昔からなかなか猫好きの詩人がたくさんいて、宋の黄魯直《こうろちょく》をはじめとして、〝乞猫詩〟と題する詩がときどきいろいろな集にみえている。乞猫とは猫をもらうという意味である。これに対して〝送猫詩〟と題した詩もちょいちょいみうける。この方は猫をやる意味である。謝周元の送猫詩のなかに、〝魚餐の薄きを厭わず、四壁つねに鼠穴をして空しからしめん〟という句がある。猫はいつも粗末な食事に甘んじて、よく鼠を絶滅することを讃えたものである。しかし猫が粗食に甘んじるかどうかは、ぼくはちょっと疑問に思っている。たとえば鰹節は好きだが、乾物屋に売っている袋に入れた花がつおと称する代用品は、あんまり好きではないといったように、猫はどうしてどうしてなかなかの美食家である。鰯《いわし》のような魚もあんまり好きではないようだ。そのくせ鯵となるとまるで眼がないといったように、犬に比べると味の選択には、よほどきびしいものがある。

陸游《りくゆう》に贈猫詩というのがある。万巻の蔵書を護ってくれる猫はいとしいが、家貧しくして絨毯《じゆうたん》の上に寝かせたり魚を食べさせることができないから、どうかもらってやってほしいという意味を述べた詩である。粗食に甘んじさせるに忍びないといったところは、謝周元よりは陸游の方がはるかに愛猫家の面目を発揮していると思う。

おくの・しんたろう（一八九九〜一九六八）作家

我猫記／私の猫達

木村荘八

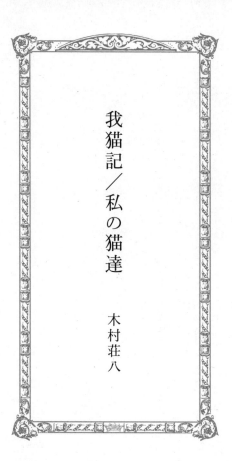

我猫記

僕はかね〴〵猫を愛好すること、イヤ、愛好というと、それに特別に意識があってアイするようであるが、コドモの有る人が、よもや自分はわが子を「愛好する」とは特別に云わないだろうし思わないだろう。それと同じく、僕も殊更《ことさら》猫を愛好するとは思わずに、「愛好」そのものの中にいる。それが既に五十年来のことで、猫は僕の分身のようなものである。現在十四いる。

ポクン、マック、ブキ、ゲムン、コン、オコン、メクン、ガッツ、狐、狸。狐は

チョンとも云う。真白な牝猫で、どこからどこまで余り白いから珍らしいというので猫医者の冷泉《れいぜい》さんが持つて来てくれたものであるが、――この「冷泉」さんが又珍らしい出身なのは、冷泉為恭の三十世の直系だ――メクンもわりに最近冷泉さんが連れて来てくれたもので、相当の純ペルシャである。それでメクンという僕の家では最高の愛称の名をつけたが、元これは「眼」の意味で、そういう非常に眼の可愛いいペルシャ猫が前にいて、丸十年間愛育した。戦争中も艱難《かんなん》を共にしたし、（空腹のために子猫達へ何処《どこ》からか鮭の罐詰《かんづめ》の空カンを咥《くわ》えて持つて来たことがあ

つた）、僕の家では近年につれ合い（人間）が二人も死んでいるが、その二人共に愛されて、眼ェちゃん、めえちゃんと呼ばれて来た。返辞をする猫で、決してモノをわるくねだらない猫だつた。猫王である。

それが死んだので、王統はその後牡《おす》の三ニン兄弟であるブキとゲムンとコンに引継がれ、この血統は僕の家に絶えないであろうが、新しく来たメクンが又牡であるから、やがて応仁の乱のようなことが起るかもしれない――と、僕は心用意している。

ブキはいつもブキウキしているからの名で、ゲムンは幼名の「毛蟲《けむし》」がいつか呼びよく訛《なま》つたもので、小さい時に毛蟲に似ていた。コンは又の名定九郎《さだくろう》という、白と黒の大猫である。牝猫を皆強姦するし、ものは食い荒すし、かけ小便はする。いがみの権太か定九郎そのままの役どころの不良であるが、又愛すべきものである。叱責して一つコツンとやられればそのあとで何か貰えるので叱られるとはそういうもの僕がコン！　と叱責すると、首をちゞめ、眼をつぶつて、舌を出すのである。叱責と心得ている――人間の負けだ。

ポクン（牝）はマックの子で、実はマックが今では僕の家の大長老であるべきに、性格がひねくれていて、皆と親しまない。人間……我々とは親しむのであるが、猫同士の中で親しまないために、長老となれずにいる。そのために又親しまないのかもしれないが、つまり早く云う「ババア猫」である。それは人間にもよくある型である。仕方がないと思っている。年既に九歳。

これに反して娘のポクンは感心な猫で、ポクンはポーの転化であることからわかるように「ポー」即ち空襲最中に生れた六年猫であるが、マックの子はあとにも先にもこのポー一匹しか育たなかつた。それでその当時は初代のメック（猫王）もいたことだし、その子達は常に賑わっていたから、それでマックがすねて、孤独癖になつたのかもしれなかつた（然るに元々はマックはメックの子である）。

ポクンの感心なのは、母性愛に富むことでおよそ子猫、小型の猫と見れば、自分の食い物を削いてもこれに与え、幼童は誰彼問わず抱いて乳をのませるし、食事時には一番おしまいでないと自分は食わない、皆の食う間じつと待っているのである。そしてこの頃段々に年とつて来た。

それで感ずべきであるから、ポクンには必ず特配の皿盛りや牛乳を別に与えることにしてある。（今これをかいていて気づいたが、それあるがために、ポクンの

「感心な性格」が出来たのかもしれない。それは兎《と》に角《かく》として、猫は育て方次第だということは、常々僕の持論である）さて、ガッツは「靴」の転化で、コンビネーションの黒白靴に似る。元まぐれ猫。僕家まぐれ猫多し。近所の人が僕家を目ざして捨てて行くらしいのである。ついそれが居つく。オコンもまぐれ猫かもしれない。いつも遠慮していて、又愛すべき可憐の存在である。要之《ようするに》、猫にリコーバカ。運、不運、きりよう、ぶきりようはあれど、アクニンは一匹も無い。そして常に真実である。

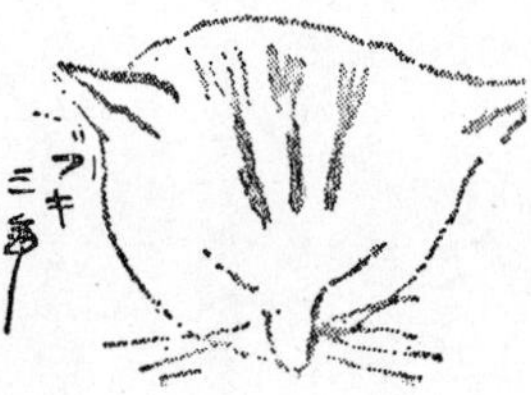

私の猫達

「あなたの家のタカラモノを見せて下さい」というアンケートに答へて

小生宅にはなんのタカラもありませんし別段お目にかけるものとてないから、つ

まらないものですがたくさんあつて、一つところにこんなにセケンにそうざらにあるというものでない品だけ、申出ます。

それは猫です。――昨日われわれは映画の「巴里《パリ》の空の下」を見て来ましたが、それに裏町の猫婆さんがでます。家内は身につまされて、いずれ自分もああなる時に、全く猫に食べさせるもののないのはどんなに辛いだろうと、述懐していました。

あの映画は全部満点の良い作品ですが只《ただ》一つのケッテンは、二度目の猫達のでの、肝腎の牛乳を貰う時に、猫が空腹でないことです。さすがのデュヴィヴィエもこれはぬかりだつたでしよう。一度目のでの、婆さんに八方から啼きかかるところは、本当に腹が減つています。家内はその時に「お婆さんは辛いだろう」と実感したのでしたが、二度目の乳を貰う時は、「なんだ、猫はみんなモノを食べたあとだ」と思つて、私に「この映画の人は猫を知りませんね」といいました。

猫は一年に三度トシをとる、つまり三ヵ月が一年だ、とよくいわれますが、生理的な比較（比例）からいつて、そこが人間とどんなものですか。小生の経験では、先ず「十年」が猫の定命のいいところだと思います。五六年目からキバを除く歯が上下ともみな脱落します。私は思うにこれがカミサマから、お前ももう間もないぞといわれる死刑の宣告のようなもので、やがて消化が悪くなつて、肉や皮が硬ばつて来て、ふざけなくなつて、だんだんと静かに死にます。――「猫」ガクモンを申上げていては切りがありませんからそれは今は略すとして、小生宅現在の猫数は、生れたてのチビ三匹を除いて一人前またはそれ以上のもの十匹。（一匹病気入院中）。この「十匹」までの猫は、大抵いつも小生宅にいるようです。

胡散臭《うさんくさ》いはなしと思われるでしようが、私は多年夜中から早朝にかけて仕事していて、（油絵だけ午後）、諸君のいわゆる「午前中」は私にないのですが、私の仕事している時、猫達は起きてずつと私につきあつています。人間ではツキアイ切れません。

私宅の猫達はつい血族結婚が習いとなつて、猫医の先生にいわせると、木村方の猫は遺伝病を一つ持つていてそれにやられると到底助からないとなげきますけれども、遠親は相当上等のペルシャ産でした。この血はいつも私方の猫族にあると見え、時々思いがけず立派なペルの生れることがあります。医者は隔世遺伝の当然の現象だといいます。それで現在いるペッチン、たぬき、マッコなどは、まぎれもないペルです。ゲムとブキとコンは半ペルで、殊にブキはいつ見てもゾキウキしている愛猫です。人間はお天気次第でムラだが、猫はそれぞれの性格次第にほとんど一定不変で、つきあいよく、これも私の猫となじむ理由かもしれない。ゲムは二尺以上の大牡でほとんどよく人語を解します。毛並みが毛虫に似ているところからゲムという。靴はコンビネーションの靴に似ています。チョンは全身純白の二十四孝の奥庭《おくにわ》そつくり。コンは五段目の定九郎そつくり。家内はゲムがひいきで、海老蔵さんといいます。コンは松緑さん。花柳《はなやぎ》章太郎は一度、小生宅からお嫁に行つた猫を、キムちゃんと呼んだので、ペッチンは花柳さんと呼びます。チビのクロチャンの「黒ちゃん」の意味は、人間世界に当節はやりもののお祭しの通り。

（二七年五月）

きむら・しょうはち（一八九三～一九五八）画家

舞踊

寺田寅彦

死んだ「玉」は一つの不思議な特性をもっていた。自分が風呂場《ふろば》へはいる時によくいっしょにくっついて来る。そして自分が裸になるのを見てそこに脱ぎすてた着物の上にあがって前足を交互にあげて足踏みをする、のみならず、その爪《つめ》で着物を引っかきまたもむような挙動をする。そして裸体の主人を一心に見つめながら咽喉《のど》をゴロゴロ鳴らし、短いしっぽを立てて振動させるのであった。

この不思議な挙動の意味がどうしてもわからなかった。いかなる working hypothesis すらも思いつかれなかった。むしろ一種の神秘的といったような心持ちをさえ誘われた。遠い昔の猫《ねこ》の祖先が原始林の中に彷徨《ほうこう》していた際に起こった原始人との交渉のあるシーンといったようなものを空想させた。丸裸のアダムに飼いならされた太古の野猫《やびょう》のある場合の挙動の遠い遠い反響が今目前に現われているのではないかという幻想の起こることもあった。

猫が人間の喜びに相当するらしい感情の表現として、前足で足踏みをするのは、食肉獣の祖先がいい獲物を見つけてそれを引きむしる事をやったのとある関係があるのではないかという荒唐な空想が起こる。また一方原始的の食人種が敵人をほふってその屍《しかばね》の前に勇躍するグロテスクな光景とのある関係も示唆される。空想の翼はさらに自分を駆って人間に共通な舞踊のインスティンクトの起原という事までもこの猫《ねこ》の足踏みによって与えられたヒントの光で解釈されそうな妄想《もうそう》に導くのであった。

赤ん坊の胴を持ってつるし上げると、赤ん坊はその下垂した足のうらを内側に向かい合わせるようにする。これは人間の祖先の猿が手で樹枝からぶら下がる時にその足で樹幹を押えようとした習性の遺伝であろうと言った学者があるくらいであるから、猫の足踏みと文明人のダンスとの間の関係を考えてみるのも一つの空想としては許されるべきものであろう。

てらだ・とらひこ（一八七八〜一九三五）物理学者、随筆家

お通夜の猫／山寺の猫／ここに人あり

大佛次郎

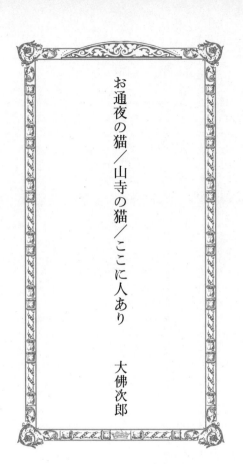

お通夜の猫

画家の木村荘八さんがなくなった。お通夜に出かけようとしたら、妻が何か紙包をこしらえて私に渡した。

「なんだ?」

と、尋ねたら、

「猫にお見舞です」

と言う。お通夜の混雑で、木村さんの家の猫が皆に忘れられていよう。海の近い鎌倉から、タタミイワシと、夕方、焼いた鰺《あじ》を差入れようとするのだ。

木村さんの家は、私のところと並んで、飼っている猫の数では、まず日下開山《ひのしたかいざん》の両横綱であった。いつも十匹より下ったことはなく、顔が合うと、

「お宅は、当時」と半分言っただけで猫の数のことと話が通じて、

「十四匹ですよ」

「それは、内より一匹多い」

おたがい様、もう六十歳を越しているのだから、たいそう、おとな気ある会話であった。用事で手紙が来ても、木村さんは忘れずに猫のたよりを絵入りで書いて来る。木村さんのところの猫は、歌舞伎役者の名がついていた。歌右衛門も海老蔵も福助もいる。ぶち猫が布団にくるまって寝ているのを着色までして描いて、側の註に「海老蔵が風邪ひきこもり中」と書いて来る。

もと次郎という猫がいたそうで、木村さんがお客を玄関まで送りに行った時、ついて来て、そばの壁に小水をしようとしたので、木村さんが急に大きな声で、

「次郎！　バカッ！」

と、どなった。

そうしたら屈んで靴の紐を結んでいたお客さんが飛び上ってびっくりして振向いた。

気がついて見たら、お客は人間の「次郎」安成二郎で、自分が馬鹿とどなられたのかと信じ、木村さんの頭が急にどうかしたのかと思ったのだそうである。

「いや、安成君に、あやまりましたよ」

と、木村さんは、淡々としてその話をした。

遺骸は、まだ棺におさめる前であった。仏前に弔問客が集って坐っていた。見ると、新派の喜多村緑郎夫妻が木村さんの遺愛の猫を夫婦が一匹ずつ抱いて壁の前に坐っていた。もう一匹の猫が入って来て私の側に来たので、抱いてやった。また別の肥った大きい猫が入って来て、人が集っているのを不審そうに見て、間をあるきまわった。

「その子が松緑です」

と、喜多村の奥さんが教えてくれた。

この松緑は、皮膚病を患って背中の毛が禿《は》げていた。藤間勘右衛門の松緑が聞いたら、苦笑して背中をかくことであろう。

「今、何匹、いるでしょう？」

「十四匹ですって」

普通、猫を魔物として遺骸の脇に近寄らせないのが日本の古い風習だが、この家では人の間を、のそのそと出たり入ったりする。私の通夜も、こんなことに成ろうと他人事でなく眺めた。

お棺におさめた木村さんは、生前より顔も若く色までよく見えた。しかし、口をきかなくなったとは、何とも冷たく静かなもので、別れたさびしさが身に沁みて感じられ、涙をこぼした。

猫の奴は、一向、平気でしたよ。木村さん。そう知らせることが出来たら、木村さんは答えるだろう。

「それで、助かりますね」

山寺の猫

松の内の六日間を、大阪の四天王寺、堺の南宗寺、河内の観心寺、金剛寺から始めて飛鳥奈良で暮した。旅の終りに新幹線の「ひかり」に乗ってから、連れが回って来た寺の数を算えて、四十二ヵ所になりましたねと知らせたので、あきれて苦笑した。しかし正月の寺は、どこも日頃よりも静かで、一日を除いて天気続きで暖かかったのは倖せであった。

奈良から京都に出る日になって、途中で立ち寄る寺を考える。柳生に近い円成寺《えんじょうじ》から岩船寺《がんせんじ》、浄瑠璃寺《じょうるりじ》と、通いなれた山道である。昨年中のこと、句誌「馬酔木《あしび》」に秋桜子《しゅうおうし》さんがたしか「山寺の猫」と題してこの岩船寺の猫のことを随筆に書いておられたのを読んで、私もその猫を知っていたので面白く思った。

秋桜子さんが岩船寺に行くと案内に立つ寺の和尚が注意した。ハンドバッグの中に菓子など入れてありましたら、そこに置かずにお持ちください。猫が食ってしまう心配がありますから、と断わったとある。その文章を読んで私が笑いを覚えたのは、柿の実の梢が赤い頃に奈良からこの寺に行った時、私は以前に寺に猫がいたことを思い出して、乗っていた自動車を東大寺の転害門《てんがいもん》近くの八百屋の前に停めさせ、その猫の土産に鰯の目刺しを買って新聞紙の袋に入れてくれたのを持って行ってやった。寺の座敷に上がり猫を見つけ、最初のひと串をやると、猫はくわえるなり走って縁の下にもぐり込んだきり、二度と姿を見せなかった。私は、猫のために、まだ沢山の鰯を袋に入れて持っているのに、肝腎の猫が出て来ないので、困って、寺の妻君にこれは猫へのお土産ですから、あとでやってくださいと断って渡して寺を出た。

秋桜子さんの文章は、私に猫が最初の鰯をくわえて縁の下に逃げ込んだ時の、ものすごい速さを思い出させた。来客の菓子まで盗んで食う山寺の猫は、生臭ものの鰯の目刺しをもらって、取り返される危険を最初に直覚して逃げて隠れ、まだあともやるつもりでいる私を待たせたまま二度と出て来なかったものだろう。岩船寺は山の奥にあり、魚が住む川や海から遠く、近くに物を売る人家などない場所にあるのだから、猫は好物の魚類を恵まれる機会など、めったにないのだろう。鰯の目刺しなど、生れて初めてお目にかかったのかも知れぬ。寺だから生臭いものは門を入れぬ習慣が、今時、まだ残っているとは思われぬが、とにかく、八百屋も肴屋もない淋しい山里のことだ。猫も来客の菓子までねらうように育ったのであろう。

今度もまた、私は岩船寺の猫のために、前にも寄った転害門の傍の八百屋に車をとめて、鰯の目刺しを一袋、用意した。

猫が来客のハンドバッグをあけ菓子まで盗むことから考えたことで、私は連れに言った。

「この前、猫にと断って置いて来た目刺しも、寺では猫まで回さずに、和尚が分捕って炉端で一杯やる肴にしてしまったかも知れないな。今日は、寺へ行ったら、猫でないと見つけないような場所に分けて隠して置いて来よう」

岩船寺に行き、石段を登って境内にはいると私はまず猫をさがしたが、見つからなかった。本堂で法事でもあるらしく障子を閉めた内部で人の話し声がしていて、寺の者も出て来ない。山蔭で寒いことだから猫はどこか火のある暖かいところに蹲《うずくま》っていることと、台所口からのぞき込むと、土間の大かまどに薪《まき》の燃える炎の色が見え、薄暗い板の間に猫が二匹いた。前に見た三毛《みけ》でなく雉猫《きじねこ》だが。

「おい」

と私は声をかけて、袋の目刺しを投げてやった。

一匹の猫が、すぐそれに飛びついてくわえて、少し逃げてから、むしゃむしゃ、食い始め、もう一匹の方は本堂の客から下げて来たらしい菓子の盆にかかっている。私の知り合いの猫でないが、その子供たちのような気がした。子猫だから鰯などまだ知らないらしいのである。

私はすぐに次の作業にかかった。猫にだけ発見出来るような場所を見つけ、かまどの陰や、縁の下の踏み石のうしろ、庭木の繁みの下に、目刺しを隠して置いて歩くのだ。山側にある三重塔の床下にも置いてやった。猫が順に歩いて見つけ出しては、むさぼり食う悦びを空想して私はひとりで面白がった。

「猫の奴、なんとこの世はどこへ行っても楽しいことに充ち充ちているかと思うだろうな」

山寺の猫は返事をしない。帰りぎわに、もう一度庫裏の台所をのぞくと、人影におどろいたのか、残った一尾を口にくわえて、薪が燃えているかまどの後へ隠れた。私は岩船寺の猫に正月をさせたのに満足して帰った。手がなまぐさくなったのを、石段を降り氷がはった石の手洗鉢で洗った。

ここに人あり

また猫をバスケットに詰めて、わが家に投げ込んで行った。かなり育った猫で、バスケットに画用紙の手紙が付けてある。

「この猫をあなたの御家族にしてお飼いください、お願いします」

そして、どうしたつもりか、猫の顔を絵に描いてあった。

またか、と私は嘆息し、終日、沈んだ気持ちであった。

手紙の文字は、高校生あたりのものでなく女文字だが、しっかりしていて、多分、どこかの若い奥さんであろう。自分の迷惑を他人の家へ投げ込んで、これでこちらは気楽になったと考えていられる神経にはおどろく。捨てられた猫を私は捨てられない。家の猫はこれで十四匹になる。世間には、他人の老後の平和をみだして平気でいられる人間があるのである。それが、若い女で幸福な家庭のひとらしい。

中国文学の奥野信太郎教授、これが私と同様に、猫のためにこの世を住み憂しとするひとりである。

村松梢風さんの一年忌で会ったら、強度の眼鏡の奥で小さい目が英雄的にほほえみながらも、なげいた。

「郵便箱へ投げ込んで行くんですよ」

この短い言葉だけで、私には碩学《せきがく》の教授のなげきがこちらの胸に伝わって来る。ここに人あり、である。捨てられた猫のなく声を聞いて、書斎にいて本も静かに読み続けられない時が、しばしばなのだろう。

「何匹？」

「今、十三匹ですか」

「内は十四匹」暗然と、ふたりは目を見合せる。

「一体、十三匹の猫にどのくらい食費がかかるかと、この間、計算して見たのです。一万円はたっぷり食いますね」私は、びっくりする。

「ほんとうですか」

「ほんとうですよ」

「すると、猫がいないと蔵が立つな」

「そうなんです」

いよいよ、ふたりは落胆して目を見合せて言葉もなくなり、うなだれる。そう話すことで、わずかにお互いに慰め合っているのだ。冷然と、他人のところに迷惑と負担をつけて猫を投げ込んで行く世間の良家の人々は、何とけしからぬ動物どもであろう。苦しい生活をして働いているひとなら、こうしない。紳士淑女のしっぽのやつらで高級の方でないことは確実である。だから、私はその見てくれの偽善を忌まわしいと思う。霜夜に捨てて凍え死にさせるくらいなら、オシャマスなべにして食ってやる方が人道的なのだ。なんじの欲せざることを他人にほどこす。捨てるなら勇気を出して鍋で煮て、おあがりなさい。

小猫で鈴をつけて、よく庭に遊びに来るのがあった。時間が来ると、いつの間にか帰ったと見えて姿を隠し、また明日、やって来る。かわいらしい。どこから遊びに来るのかと思って、ある日、

「君ハドコノネコデスカ」

と、荷札に書いて付けてやった。三日ほどたって、遊びにきているのを見ると、

まだ札をさげているから、かわいそうにと思って、取ってやると、思いきや、ちゃんと返事が書いてあった。

「カドノ湯屋ノ玉デス、ドウゾ、ヨロシク」

君子の交わり、いや、この世に生きる人間の作法、かくありたい。私はインテリ家庭の人道主義を信用しない。猫を捨てるなら、こそこそしないで名前を名乗る勇気をお持ちなさい。

おさらぎ・じろう（一八九七〜一九七三）作家

猫性

豊島与志雄

誰にも逢いたくない、少しも口が利きたくない、そしてただ一人でじっとしていたい。そういう気持の時が屢々《しばしば》ある。これは意気阻喪《いきそそう》の時ではなく、情意沈潜《じょういちんせん》の時である。

私は純白か漆黒かの尾の長い猫なら、見当り次第幾匹でも飼いたいと思っている。それも、室内にとじこめられた単に愛玩具の外国産のものでなく、自由に戸外をもかけ廻る野性的な日本種がいい。尾の短いのは人工的でいけなく、尾の長い自然的なのに限る。それから一般に動物は、単毛色のものは雑毛色のものより虚弱で、種々の点で抵抗力が弱いのであるが、それでも純白か漆黒かというのは何故であるかとなると……それは茲《ここ》では云わない。

ところで、何故に猫か。猫は飼養動物のうちで最も人間に近い生活をしている。屋内に人間と同居し、同じ食物をたべ、同じ寝具に眠る。にも拘《かかわ》らず、犬のような奴隷根性がない。用があり、気が向けば、喉をならしてすり寄ってくるが、用がなく、気が向かなければ、呼んでも返事をせず、すましてそっぽを向いている。猫は人の顔色を読むと云われているが、往々、最もよく人の顔色を無視する。そして庭の隅や、縁側の片端や、机上などに、ただじっと蹲っていることがある。人に逢いたくなく、口を利きたくなく、一人で夢想しているのだ。そうした夢想の中に、肉食獣の野性の夢がある。猫のうちには、馴致《じゅんち》されきれない何物かが残っている。

それを、私は自分のこととして感ずる。人に逢いたくなく、口を利きたくなく、一人でじっとしている時、沈潜している情意は、道徳的な習慣的な世間的なものであって、その底に、何かしらむくむくとうごめく野性的なものが存在する。道徳や習慣に馴致されない何物かだ。そしてその野性的な何物かのうちに最も多く芸術の萠芽《ほうが》がある。

芸術が一種の創造であるという要素は、この馴致されない野性的な深い何物かの上に建設されるところにある。この建設のない場合、芸術は創造的要素を失い、生命力が稀薄になる。

猫の持つ野性の夢は、柔軟温順な外観から離れた、内心的なものである。その内心的なものに対する驚異と恐怖とから、猫に関する怪談が生れる。猫に関する怪談は、道徳美の埒外《らちがい》に、あるものが多く、たとい報恩とか復讐とかいうことから発したものにあってさえ、たちまち独自の発展をなして、精神的な怪異力を発揮する。それに似た怪異力が、すぐれた芸術の中に含まれている。場合によっては、怪談を組立てることさえ出来るだろう。然しその怪談は常に、所謂《いわゆる》美談とは全く縁のないものであるだろう。美談は悉く《ことごと》馴致されたものの上に成立《なり》つが、猫や芸術の怪談は悉く、馴致されきれないものの上に成立つ。

頃日《けいじつ》、知人の好意と尽力とで、金目銀目の尾の長い純白の猫を一つ手に入れた。今年正月の生れで、初めての夏の暑気に多少弱っているらしいが、人間たちによく馴れよく戯れながらも、時々、人々を無視して、何物をも無視して、馴致されないものから来る夢想に耽《ふけ》っていることがある。私も、それをぼんやり眺めながら、馴致されきれないものから来る夢想に耽る。そうした夢想が、如何《いか》に多く猫のうちに残存していることか、如何に多く私のうちにも残存していることか。そしてそれを私は、猫のためにまた自分のためめに、力強い喜びとする。この喜びが陰性のものでなく、陽性のものとなる時に、私は創作の筆が執《と》れるだろう。

とよしま・よしお（一八九〇〜一九五五）作家、仏文学者

桃代の空

白石冬美

桃代が和田誠さんの家にはじめてきたのは、三年ほど前のある金曜日の夜でした。赤塚不二夫さんがもってきた籠の中から、灰色に黒のしま模様の、とんがり顔した仔猫《こねこ》が、細くて長いしっぽをふりたてて四匹、わらわらぁーと、まちかまえていた私達の前に現われました。

まるまるふくふくの猫の仔を想像していた私は、レミさんから「仔猫がくるから、見にこない」との電話をもらい、さっそくかけつけていたのです。

最初に、はしりよってきた猫を、山下勇三さんが抱きあげて「あれこれ器量を見て選ぶと、猫に失礼だし、可哀想だから、まっすぐ、僕のところにきたこいつをもらう」と言って猫をくるりとひっくりがえして「おんなだ」

雄をほしがっていた小池一子さんが、一匹だけの男の子でしっぽの先がちょっとまがったのをもらうことになりました。どれもこれもみわけがつかないぐらいよく似た、アビシニアンという由緒正しい母と、立派な野良猫の父をもつ、あいのこたちです。

私が思いえがいていた、（まりのような仔猫）の基準からは、ずいぶんずれていて、しなやかなやせっぽちで、可愛いというより、豹《ひょう》の仔のようだと思ったのです。

レミさんはニコニコことのなりゆきを見ていて「これがいい」とはなかなか言いません。私は他の仔猫にくらべて、しま模様がいくぶん少なく茶色がかった仔猫に目をつけていて、レミさんがそれを選べばいいなァーと思っていました。

でも、どうやら和田さんのお許しが出ていないらしいのです。

いつものように楽しい時間がすぎて、そろそろ帰り支度がはじまった頃、さっきからずーっと和田さんの、かたわらに落ち着いて坐りこんでいた仔猫をさして和田さんが「これ飼うかい」とレミさんについに言ったのです。

レミさんはもう大急ぎでうれしそうに、うなずいたので、私がねらってたほうではない仔猫が和田家に残ることになりました。

この仔猫達はパリ祭の日に生まれたとのことで、レミさんはシャンソン歌手でもあるし、さぞフランスふうにパリジェンヌみたいな名前で呼ばれるだろうと、私はとても楽しみにしていました。

山下家にいった猫は、ただの「ミー」という名で呼ばれることになり、小池一子さんは「バーボン」という名をつけました。一匹残った茶色の猫はイルザと名づけられて、愛らしい絵を画く田村セツコさんのお母さんのとこへもらわれてゆきました。そしてのちにセツコさんの猫になる、うす茶のしま猫「ニルソンさん」を産むことになります。

つぎに和田家を訪ねると、いたずらな少年のようにとびまわっている仔猫には「桃代《ももよ》」という、おひなまつりのような名がついていました。そう言われてみればなるほど桃代は「ももよ」と以外に呼びようがないぐらい桃代にぴったりなのでした。正式には「桃代のしんこさん」と言うのです。（レミさんに言わせるとどうしてもそうなるのだそうです）

くっきりと黒いアイラインにふちどられた、グリーンのアーモンド型の瞳に、ピ

ンとたった大きめな耳とすんなりとした足をもち、桃色の鼻先が、いつもひんやりつめたい桃代は、お客さんの多い家で、人みしりもせずに、のびのびと育ってゆきました。

抱かれることが大嫌いで、抱きあげると「イヤーン、イヤーン」とそりくりかえってこれはあまり誉められない、しわがれたハスキーな声で鳴くのです。

和田さんの本やレコードがならんでいる壁一面の棚を物を落とさずに、ロッククライミングしたり、さまざまな置物の間を身をくねらしてすりぬけとびおりたり、天井のさくを渡ったり、和田さんのペン先にじゃれたりして、おもうがままに生きてました。

和田さんもレミさんも、桃代をすごく可愛がってそのたぐいなさを、書いたり話したりするので、和田家を知るもので桃代を知らないものはないというほどの猫になりました。

猫は犬とちがって、芸をしないのが普通です。なかにはチンチンやお手、おじぎなどをする猫もいるそうですが、それはほんとうにめずらしいことなのです。紙くずを丸めて投げれば追いかけていってじゃれるまでは、よほどのなまけもの猫でないかぎり、どんな猫でもすることです。でも、それを口にくわえてもどってきて、投げた人のそばに置き、桃代は「また、投げてちょうだい」というように、小首をかたむけてじっと顔を見あげてまっているのです。そのうちに投げた紙玉を空中で両手をパンとうちあわせてとるようにもなりました。キャッチ・ボールです。

とても遊ぶのが上手な猫で、せまいボール箱に身体をおりたたんで入ったり、紙ぶくろにもぐったり、この桃代ほどいっしょに遊んでいて面白かった猫をその後、私は知りません。

ポーカー・フェイスの我れ関せず派の多い猫達のなかでは、桃代はかなり表情豊かな猫でした。眠くなると、誰がいようと警戒心ゼロで、天井に両手足をなげだし、大の字にバンザイしたまま眠りこけて、天真爛漫《らんまん》こわいものなしです。

和田誠さんとレミさんが外国に出かけた二週間ほどの間、私が桃代をあずかることになりました。まだ猫のケムリがこない前で、猫好きと人に言われながら、じつは私が飼っていたのは、ウロウロとボロボロと名づけたヨークシャテリアだったのです。

おひとよしのウロウロはともかく、そのウロウロをすっかりおしりにしいてしまっている、いばりん坊の幼な妻ボロボロと桃代のおりあいが少し心配でした。さて連れてきてみると、桃代は生まれてはじめてみる犬ころにも、ぜんぜんおどろきませんでした。猫が他の猫や動物に、はじめて会った時や物事におどろいた時に発する、あの背を丸め「フウーッ」と息を吹きかけてする威嚇の姿もみせず、とことこと部屋をよこぎり、ひらりとテレビの上にあがると、「ここはどこだろう」というふうにあたりを見まわしています。ふいの侵入者に好奇心をかきたてられたボロボロが近よりすぎると、ウーッと犬みたいにただひくくうなって、片手をあげてピシャッと犬の頭をひっぱたきます。一日たつと、すっかり仲良くなって、じゃれあって遊ぶようになり、眠る時もボロボロの背中をまくらに、おぶさったまま寝こんだりして、もう犬だか猫だかわからなくなってくるありさまです。私がお風呂に入ると、たちまちやってきて、しっぽを身体にまきつけて行儀よく坐ると一部始終をずっとみています。すべての猫の例にもれず、用をたす時は砂箱の上で、実に優雅に空をみつめ、哲学者のような詩人のような崇高な気品にあふれていて、猫ほど美しく用をたす動物はいないのではないかと私はまた思うのでした。

猫が飼主をどれだけ信頼しているかということは、外に出て猫が飼主について歩く距離ではかれると、なにかで読んだことがあります。二十メートルもついてくれば、お礼にあじぐらい差し上げなければならないほどなのだそうです。でも桃代はレミさんの買物について歩いたということですし、和田さんは「電話で桃代としゃべった」などと言うので、やはり猫としては少し風変りだとしか思えません。

やがて和田家に玉のような唱君が誕生して（それにほんとうは動物を飼っていけないアパートだったので、大家さんの希望もあり）桃代はレミさんの実家平野家にゆき、まだ緑のいっぱいある松戸の、空気がきれいな空の下をかけまわりながら、まことに猫らしい自由な暮らしができるようになり幸せそうでした。

猫はよく「家につく」といって環境を変えるのを好まず、何里もいとわず、引越し先からもとの家へ帰ってしまうという話をよく聞きますが、桃代はいつも素直に与えられた場所になじむ、けなげな猫です。

成長するにしたがって、仔猫の時よりきれいな猫になり、まるでグレイのピューマといっても良いぐらいの、きりっとした美しさをもった猫になりました。

平野威馬雄さんがヨーロッパにお化けを見る旅に出かける一カ月ほど、桃代が松戸に一匹ぽっちになると、桃代を和田家に連れてこれないレミさんが心配しているのを聞いて、私はまた桃代をあずかることにしました。そしてこのことが、桃代の運命をまた変えることになったのです。しつこい咳に苦しんでいたレミさんのお父さんが桃代とはなれた途端にぴたっと咳が止まり、それはヨーロッパの空気のせいではなく、猫アレルギーだったとわかりました。

松戸に帰れなくなった桃代は、心なしかもの想わしげで、大人しく私の部屋の一番背の高い洋服ダンスの上に陣どって、うずくまり、あかずに八階の窓から、出かけられない空をながめていました。私のとこで暮らすかぎり、もう二度と土の上を歩くことは出来ません。風のように松戸の野をかけた桃代がマンション猫になるのは、囚われ人のようで可哀想です。

それに私の部屋は、この時には、もうケムリという名の猫がきていて、動物密度はぎりぎりみたいでした。

そこで桃代は田村セツコさんのとこへゆくことになりました。そして今は渋谷の街で、桃代の甥になるニルソンさんと仲良く暮らしています。セツコさんが出かける時は、ちゃんと大通りまで送ってきて近所では評判だそうです。セツコさんが帰ってくると、階段の手すりに顔を押しつけて、じっと下を見おろしてまっていてくれるのだそうです。

ニルソンさんにならって、台所の三角窓から三階のひさしにとびうつる、ちょっとややこしい猫の出入り口も、すぐ覚えたとのことです。

桃代も大人になって仔猫の時とちがい、テリトリー獲得のため松戸でボス猫と戦ったからなのか警戒心もまして、今度は私の犬達を、立派な猫の作法で精悍《せいかん》におどかして、その勇ましさにびっくりしてしまいました。ニルソンさんとも、はじめは険悪な状態で、セツコさんは苦労したみたいです。でもどんな修羅場も、二日我慢すれば必ず平和がもどります。（その点動物達のほうがずーっと賢いのかもしれま

せん）

和田さんと『雪村いづみリサイタル』を渋谷公会堂に観にいった帰り、かたときも桃代を忘れないレミさんが「セツコさんのとこ渋谷だから、この辺りかな」とほんとになにげなく「ももォモモォモモ、桃代ォー」と呼んだのだそうです。すると、遠くから応えてたしかに「ニャオン」と猫の声。「あれっ桃ちゃんじゃない」レミさんはまた夢中でさけびました。「モモォももォ」「ニャーン」と応える声がだんだん近づいて「まさか……」と和田さんが言うまもなく、ひらりと足許に猫の影、身体を二人にすりつけて、そして今は確かな桃代の鳴き声です。

この「おはなし」みたいな真実《ホント》の話を、「そのまま家へ抱いて帰りたかった」と言う感激さめやらぬレミさんから聞いた時、私は思わずなみだぐんでしまいました。もうただの無邪気さだけでなく、悟りきったような桃代の、あの深いグリーンの静かな瞳が、うかんできたからなのです。

しらいし・ふゆみ（一九三六～二〇一九）DJ

モテる系統のネコ

吉行淳之介

人間の私がネコの顔を見ても、どこがどういうぐあいになっているのがよい顔つきなのか、よく判断はつきがたい。しかし、全体の風貌姿勢を見ていると、これはモテるネコかモテないネコかはわかるようになった。

私の家には、いつも黒の雄ネコがいて、現在のネコが四代目であるが、代々いずれもよくモテる。今いるネコはチキという名が付いている。まっ黒のつもりで育てたところ、腹の方に白い部分があらわれた。のどのところにくまの月の輪のような白い毛と、下腹部に山下清さんのフンドシのような形に白い部分がある。どうもこれはインチキだった、というわけで、チキと名付けた。ややあやしげなところのあるネコだが、成長してみるとこれもよくモテる。肩のところに、むっくり肉が盛り上って、歩き方や眼のくばり方にも、自信のほどがうかがわれる。なるほどこれはモテそうだ、とおもうわけだが、よく考えてみると、モテているネコがわかるだけで、どういうネコがモテるのかというほうは、あいまいである。ともかく、私の家のチキは近所の雌ネコをたくさん引連れて、ゆうゆうと歩きまわっている。そうなると、どうしても失恋する雄ネコができてくることになる。隣家の雄ネコもそのうちの一匹で、さんざん振られているうちに、伏目がちのひがみっぽい目付きになり、態度が中性的になってきた。屋根の上にうずくまって、恨めしそうにあたりをながめまわしている。そのうち、ふっと姿を消してしまった。おそらく、東京の中心部ではだめだとあきらめて、ドサまわりの二枚目役を志して旅に出たのだろう、と私がいうと、隣家の人々は怒るのである。

そういうぐあいだから、私の家の雄ネコの落しだねが、家のまわりにはんらんするはずなのだが、これが不思議にいないのである。事実、妊娠した雌のノラネコはよく見かけるのだが、産み落したとたんに、親ネコが食べてしまうということも考えられる。たまたま一匹だけ生き残った子ネコが、物置小屋に住み付いてしまった。

どう始末しようかと迷っている時、見なれないくず屋の夫婦がやってきた。私が古雑誌を処分していてふと気付くと、その子ネコがくず屋のおかみさんに抱かれて愛撫されている。離したくない風情である。そのおかみさんは二十くらいの若さのかいがいしい美しさのある人で、主人は四十年配の実直そうな男である。私の空想を刺戟《しげき》してくる夫婦である。

「動物は好きですか」とたずねてみた。

「大好きなのです、この前までカメを飼っていたんだけど、自動車にひかれてしまって」

「カメが自動車にひかれたのですか、どうやって飼っていたのです？」

彼女の答えるには、くずの車の上に投げ上げて、一日中一緒につれて歩く。池のある家で商売をするようなときには、その間、池の中で泳がせておく。夜は台所の流しの隅に置いておくのだ、という。それが、ちょっと油断していた間に、車の上から車道に這い出して、自動車にひかれてしまった、という。

その話をする間も、その若いおかみさんの手は、子ネコを愛撫している。私は、そのネコはノラネコであるから、よかったら持って帰ってくれ、というと、その女性は満面に喜色をあらわして連れて帰った。その後、くず屋の夫婦は現れない。どういう生活をあの夫婦とネコは送っているか、と考えると、またしても私の空想はひどく刺戟される。

よしゆき・じゅんのすけ（一九二四〜一九九四）作家

家なき猫たち

長部日出雄

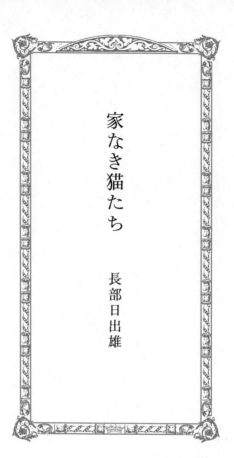

いま住んでいる府中市の一画には、すこぶる野良猫が多い。その銘銘伝から話を始めよう。

まず、京王線多摩霊園駅前の空地を、文字通りホーム・グラウンドにしている〝白〟。栗の木と雑草に覆われている空地の中には、一本の小道が通じている。顔つきから見て多分オスだろうとおもわれるのだが、かれは毎日、夕方近くになると、栗の木の下に坐って、いかにも物悲しげな声で道行く人に呼びかけている。

夕方近く、というのは、付近の人人がその小道を通って、駅前の商店街へ買物に出かける時刻である。そこで哀れっぽく鳴いているものだから、買物を終えたあとの帰り道に、食物を頒ち与える人が少なくない。

いわば飼主《スポンサー》を何十人も抱えているようなもので、これほど一食に様様な種類の栄養物を摂取している猫は珍しいのではないだろうか。先日も煮干しをやろうとおもって見たら、かれはすでに旨そうなロースハムに熱中していたので、わたしは気後れしてそのまま帰って来たことがあった。

野良猫のつねで、人恋しげな声で鳴いているからといって油断はできない。うっかり抱き上げようとすると、途端《とたん》に歯を剝き出し、獰猛《どうもう》な形相になって、手に嚙《か》みついてくるのだ。そのくせ食物をやらずに通りすぎようとすると、こっちの足にまとわりついて、体を擦りつけてくる。

〝白〟のいる空地から、歩いて、四、五分のところに、わたしの住んでいる借家があり、そのあたりをホーム・グラウンドにしている茶と白の〝斑《ぶち》〟は、毎日五、六軒の家を歴訪して暮している。尻尾を上げたときの後姿にチンチンが見えないから、これはメスだろう。

彼女がわが家へやって来るのは、概して早朝である。雨戸の外で啼《な》き続けていて、戸を開けると、正坐してこちらを見上げている。煮干しをやると、それを銜《くわ》え、一礼して立ち去る。

昼から夕方にかけては、近くの家を回っているので、散歩の行き帰りに、よその家の縁側のまえに正坐して（……というのは、つまり招き猫が両足をまえに下ろした恰好で）食物を待っている彼女を見かけることがある。そのときは声をかけても、こちらを振り向きもしない。年を取っているだけに、野良猫とはいいながら、ちゃんと礼儀を弁《わきま》えているらしいのだ。

ある日、首に赤いリボンを結んで現われたことがあって、この猫もとうとうどこかの飼猫になったのかな……とおもっていたのだが、そのリボンはじきに消えてしまった。おそらく近所の子供が悪戯《いたずら》に結びつけ、それがゆるく結んであったので、首のあたりを掻《か》いているうちに解けてしまったのではないか、というのがわたしの想像である。

この〝斑〟の礼儀正しさにくらべると、彼女が立ち去ったあと、毎朝、一緒に連れ立ってわが借家へやって来る茶色の中猫と、黒と白の二匹の仔猫は、生存競争のきびしさを、まざまざと見せつけてくれる。

煮干しを抛《ほう》ってやると、最初に飛びついて来るのは仔猫の黒で、次が仔猫の白、茶色の中猫はいつもラストだ。仔猫の黒は、仲間の鼻先にある煮干しをも掠《かす》めさることがある。牛乳の皿を出してやると、いちばん先に首を突込んで、なかなかほかの二匹を寄せつけない。だから、白とはおなじ親の仔だとおもわれるのだが、見る見るうちに、体の大きさに差がついた。

仔猫ながら、もっとも不敵な面構えをしている黒は、わたしの想像では多分メスである。というのは、つかまえようとすると、凄じい怒りの色を発して尻尾を太くし、つまり全身の毛を逆立てて素早く逃げ去るので、性別を確かめることができないのだ。

が、この黒がメスであり、おどおどと人間に怯《おび》え、たえず自分より年少の仔猫に機先を制せられてドジを踏んでいる茶色の中猫がオスであることは、疑いを容《い》れない事実のようにおもわれる。そしてかれらを見るたびに、

——大地震が起こって食糧品が姿を消したときには、この黒のように生きなければならないのだが、しかし、結局私は茶色の中猫とおなじ運命を辿《たど》るのではないだろうか……。

という気がするのである。

この三匹は、おもに三軒の家で食物を得て生活している。わが家で煮干しを食い、隣家で味噌汁をかけた御飯をいただいてから、さらにその先の家でも何か貰っているらしい。

現在わが家には、こんなふうに計四匹の野良猫が通って来ているのだが、数年まえに郷里の津軽に住んでいたころ、〝通い猫〟の話を知ったときには、吃驚《びっくり》した。

その話を聞いたのは、農家の人が、わたしの家に猫の仔を貰いに来たときだった。農家では、鼠が台所の食物ばかりでなく、畑の作物をも荒し回るので、猫が必需品(……というのもおかしいが)なのである。しかし、その家には猫がおらず、近所にも猫の仔がいなかったので、

「これまでは、よそで飼っている猫を借りていたんですけンども……」

とかれはいった。

「えッ!?」とわたしは愕《おどろ》いた。

猫は家につくもの、と信じこんでいたので、飼猫がほかの家に借りられるなどということは、おもいも寄らなかったのだ。が、その猫は、毎朝かれの家に通って来て、一日いっぱい鼠を追い回し、ホッケの干物を報酬に貰って、夜になるとまた自

分の家に帰って行くというのである。つまり、その猫は二軒かけもちで勤めていたわけで、津軽では人間だけでなく、猫まで出稼ぎをしているようだった。

考えてみれば、わたしはそれほど愕く必要はなかった筈《はず》なのだ。当時うちで飼っていた猫も、家につくもの、という常識からは、かなり外れていたからである。わたしが飼っていたのは、はるばる東京から連れて来た猫だった。

自分の飼猫のことをいうのは、なんだか〝親馬鹿〟に似ているようで気恥ずかしく、それでほかの猫の話から始めたのだが、わたしが語りたかったのは、実はこの猫についてなのである。

話は十年まえに溯《さかのぼ》る……。

そのころ、世帯を持ったばかりのわたしは、毎晩のように新宿の〝U〟という店で飲んでいた。冬だった。ある雨の夜、マスターの謙ちゃんが一匹の仔猫を拾ってきた。近くの露地で雨に濡れて啼いていたのだという。

その仔猫を見たとき、わたしは一計を案じた。同居人が猫好きであることを知っていたので、貰って帰れば、これから毎晩遅くまで一人でいる同居人の気がまぎれるだろう、とおもったのだ。わたしはその三毛猫を貰い、調布の借家に連れて帰ることにした。仔猫は小さな前足をタクシーの窓にかけ、遠ざかる新宿の灯のほうに向かって啼き続けていた。

狙いは的中し、同居人は大喜びで、翌朝、仔猫の体からすでに五十匹の蚤《のみ》を取った、と報告した。メスだったのと、酒場から貰ってきたので、〽チャコ、チャコ、酒場に咲いた花だけど……というフランク永井の歌から取って、チャコと呼ぶことにした。

いわば、連日にわたる深夜の帰宅を、なんとか韜晦《とうかい》しようという魂胆で飼い始めたのだが、そのうちに意外なことが起こった。わたしはそれまで、自分が犬好きで、猫は嫌いだ、とおもっていたのだけれども、それが好きになってきたのである。猫好きならだれでもいうことだが、まったく自分本位で、たやすく人間の意に従おうとしないところが、小生意気な美少女のようにおもえて、実に魅力的だった。

一年ほどして、わたしは調布から、新宿に近い初台へ引越しすることになった。猫は家につく、と聞かされていたので、うまく引越しを承知するだろうか……と案じていた通り、小型トラックが来て引越しの準備が始まると、猫はたちまち逸走して、どこへともなく姿を消してしまった。

近所中を探し回って、草叢《くさむら》のかげに全身で大きな動悸を示しながら蹲《うずくま》っているのを見つけ出し、ほとんど格闘に近い騒ぎを演じてようやくつかまえ、用意していたバスケットに入れて、そのうえからさらに毛布で包み、ナイロンの綱でぐるぐる巻きにして、わたしは小型トラックの助手席に乗った。車が走り出してからも、しばらく膝のうえのバスケットのなかで暴れ回っていたが、やがて諦めたように静かになった。

初台には二年ほどいた。そして、こんどは津軽を舞台にした小説を書くために、青森県の弘前市へ引越ししよう……とわたしはおもい立った。

一箇所に安住したいのが猫の習性であるとするならば、まことに猫迷惑な飼主だったというほかはない。わたしたちは、煮干しと（水分が欠乏するといけないというので）大根の輪切りを入れたバスケットに猫を押し籠《こ》め、鍵をかけて小荷物にし、新宿駅から弘前に向けて発送した。

猫が可愛かった、というより、これはやはりこっちのエゴイズムだろう。新宿駅の小荷物の窓口から、数十メートル離れて来てからも、猫の悲しげな啼き声は、まだ聞こえていた。わたしは引越しにともなう作業が嫌いなので、それが済んだころに弘前へ行ったのだが、先に行っていた同居人が弘前駅へ猫を受け取りに行ったときも、やはり小荷物の窓口のだいぶ手前から、啼き声が聞こえてきたそうである。

弘前に行ったのは一月の末、真冬だった。雪に包まれた家で暮し始めると、しばらくして、猫は見るかげもなく潮垂れた感じになってきた。それまでわたしは「おまえは本当に上品な猫だねえ。飼い主に似たのかしら」などと馬鹿なことをいっていたのだが、毛がすっかり艶を失って、汚くバサバサになってしまい、まるでいっぺんに年を取ったようだった。

そのころは、わたしも自分から望んで踏み切ったこととはいえ、いざ実際にそれまで生活の根拠にしていた東京のマスコミの底辺を離れて暮してみると、前途がはなはだ不安で、一種のノイローゼ気味になっていたのだが、猫も急に環境が変ると、心理的(?)にかなりのショックを受けるようである。東京から来た猫は、近くの猫に苛《いじ》められるのか、外で喧嘩して、耳を半分食い千切《ちぎ》られて来たのも哀れだった。

春から初夏を迎えると、猫の毛の色艶がよくなり、元気が回復して、外で喧嘩しても、たいてい勝って帰って来るようになった。いま写真を見ると、弘前にいたときの眼光は、初台にいたころより、ずっと野性的に鋭くなっているようにおもえる。

弘前に二年四カ月いて、わたしは東京へ戻ることになった。なにしろ、こっちへ来るとあっちへ行きたくなる振子《ふりこ》病なのだから、どうしようもない。わたしたちは、また猫を小荷物にし、東京に向けて発送した。

府中の借家に着いて、稲城長沼の駅へ猫を受け取りに行った同居人の話によると、こんどは啼いていなかったそうである。だいぶ旅慣れてきたらしい。

この猫は、新宿―調布―初台―弘前―府中と、それまでおよそ千五百キロほどの旅をしてきたわけだ。まえに外電で、ジェット旅客機のなかに偶然まぎれこんだ猫が、何万キロも旅行した……という話を読んだことがあるけれども、

「日本でこれだけの距離を移動した猫は、珍しいのかも知れないのだよ」

と、わたしはいい聞かせた。だが、それが猫にとって嬉しいことであったかどうかは判らない。

府中に来たのは、六月だった。わたしたちが借りた家は、京王線の線路のすぐそばにあった。この環境の変化は、なんのショックも与えなかったらしく、知らぬ他

国を渡り歩き、二年四カ月にわたる田舎の生活で野性的になっていた猫は、すこぶる元気に飛び回り、近所の犬を猛然と追いかけて、悲鳴を上げさせたりしていた。が、すこし元気になりすぎていたのかも知れない。引越して来てから約八カ月目の一月二十四日の午後、線路の向う側から遠征して来た猫を追いかけて行き、京王線の電車に撥《は》ねられて死んでしまった。

最初から、電車に轢《ひ》かれた、と判っていたわけではない。午後から姿が見えなくなり、その夜も帰って来なかったので、翌朝から探し始め、線路のそばの畑のなかに、死体となって転がっているのを発見したのである。

そのときのわたしの印象は、まさに映画のように、遠くにぽつんと小さな白い点、急速にズーム・インして無残な死体のアップ……という感じだった。猫の腹は、鋭利な薄い刃物で切ったように真二つに裂け、そこから朝顔の蔓《つる》か、発条《ばね》のように細い腸管が飛び出しており、眼は大きく見開いたままだった。

まえから線路の向う側の猫と喧嘩していたので、このときも相手を追いかけて行く途中で電車に撥ねられたのだろう。わたしは家にいた同居人に見られないように死体を風呂敷に包み、近くの多摩犬猫霊園に持って行って、火葬して貰った。弘前から引っ越して来た場所は、偶然にも犬猫墓地のすぐそばだったのだ。猫の死体をさげて墓地へ行くまでのあいだ、涙が流れて止まらなかった。奇妙なことだが、流した涙の量は、その二年まえに母が死んだときよりも、ずっと多かったようにおもう。

だが、犬猫霊園で、あとから犬の死体を両手に抱えてやって来た中年男の顔を見たとき、涙が止まった。眼を真赤に泣き腫らしているかれの顔を見て、

――たかが犬や猫の死ぐらいで、男が泣くとは見っともないではないか。

とおもったのだ。

こないだが三周忌だった。わたしは原稿で行き詰まると、猫の墓へ行って、

――どうか小説の書き方を教えて下さい。

と拝むことにしている。叶わぬときの神頼み、ではなくて、叶わぬときの猫頼み、である。

猫が死んでから、二度と生き物は飼わぬことに決めた。だから、いま毎朝わが家にやって来る四匹の野良猫が、いくら寒さに身を震わせ、哀しげな眼を向けても、家に入れてやろうとはおもわないのである。自分の家を持たないわたしは、もうじ

き別の借家に引っ越さなければならない。こっちだって、家のない猫たちと、さほど変らない身の上なのだ。

おさべ・ひでお（一九三四〜二〇一八）作家

私の猫がいない日々

熊井明子

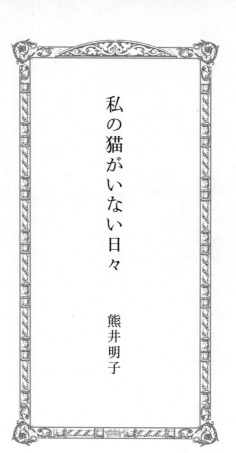

生きものは当分赤ん坊だけにしなさい

娘の美恵が満一歳になる迄《まで》の一年間は、毎日が新しい驚きにみちていた。確かに赤ん坊は可愛いかった。同時に母となった責任はひき臼《うす》のように重く、その重さを知って初めて、私は大人になれたと思う。猫に関して云えば、その一年はつらい時期だった。出産の一ヶ月ほど前に、天使のような猫ポポが病死して、その悲しみも癒えないうちに、産後二、三ヶ月の約束で松本の実家に預けたニャンが、一ヶ月もしないうちに急死してしまったのだ。

「そんな……元気にしてると思ったのに」

私は電話口で絶句した。ニャンは、まだ三歳になったばかりだった。

「仕方なかったの。うちの大ニャン（ニャン五世）がすごい敵意をもって、すっかりおびえさせちゃったから、何度か家出してね。仕方なく近所に預けたんだけど、何しろ暖かい東京から、零下何度にもなるこちらへ連れられて来ただけで弱ってたのね。或《あ》る朝、廊下で死んでいたって」

母が、云いにくそうに説明してくれた。預かってくれたのは親切な人だったが、猫好きではなかった。

「とにかく、甘えん坊の猫だったでしょ。明子の姿が見えないので、もうノイローゼみたいになってててね、世をはかなんだんじゃないかねえ」

眼の前が、涙でもやもやとぼけていった。弱くて手のかかるポポにかまけて、ただでさえ放りっぱなしにしていたニャンだった。それが最後には遠くに預けられて、どんなにか心細かったことだろう。私を呼んで、見知らぬ街を、どこ迄もさまよい歩いていたのか……。

「うちへ置いとけばよかった……」

「まあ、過ぎたことは仕方がないよ。お父さんが、〝生きものは当分赤ん坊だけにしておけ〟って」

主人も同じことを云ったので、ニャンを松本へ預けたのである。今さらながら後悔したが、もう遅かった。

それ以来、どこからか猫の鳴き声がするたび、体のどこかにピンをつきさされたようにビクッとするようになった。ニャンが寒中の雪の中を、食物もなくさまよった姿を想像しただけで胸がいっぱいになり、食欲を失ってしまった。その頃、主人は『黒部の太陽』の準備に入り、五社協定騒ぎにまきこまれて多忙な日を送っていたので、彼には何も云わなかったが。

猫という字を見るのもつらい数ヶ月間が、それに続いた。猫の写真集や絵本は、全部戸棚の奥深くしまい込んだ。十数年かかって作った猫のスクラップブックも、あやうく焼き捨てそうになった。

私は初めて、子供の頃かわいがっていた猫をなくして、二度と猫は御免《ごめん》だと思った主人の気持が理解できた。もっとも、私の場合は、生きている猫すべてが憎らしくなる、といった激しい拒絶反応を示したわけではなく、せいぜい消極的に、猫を避けたくなった、という程度だったが。

ニャンニャンってかわいいよ

皮肉にも、猫に対して凍りついていた私の心を溶かしてくれたのは、娘だった。パパ、ママ、ウマウマといった言葉の次に彼女が覚えたのは、ニャンニャンという言葉ではなかったか。抱いて散歩していて、猫を見かけるたびに手足をバタバタさせて喜び、大変な関心を示すので、

「ニャンニャンよ」

などと教えているうちに、すっかり覚えてしまった。赤ちゃんの中には、猫は見ただけで泣きさけぶ子もいるのに、娘は初めから大変友好的だった。私同様、生れつきの猫好きである。

物心つくようになると彼女は、

「ニャンニャンほしい」

と云い出した。

「ニャンニャンはね、飼えないの」

「どうして？」

「ママ、猫みるとかなしくなるから」

「どうして？　ニャンニャンってかわいいよ」

「それはね……」

私は娘の気持を傷つけないように、気をつけてポポとニャンのことを話したが、娘はやはりショボンとして、

「あたしのせいで、おうちにニャンニャンいなくなったの？」

といった。

「そうじゃないのよ。でも、ニャンやポポかわいそうだから、猫は飼わないの。そのかわり、お庭に来るノラ猫に、エサやろうね」

と云うと、やっと納得した。

実はノラ猫を見るのもまだつらかったけれど、一時期ノラ猫のようになってさまよったニャンの供養にもなると思って、娘と二人で、パンの耳や煮干を庭に来るノ

ラ猫に与えた。そのような距離をおいた猫とのつきあいは、徐々に私の猫ショック後遺症をいやした。いつか、私は娘と一緒に、ノラ猫たちに名前をつけて親しく呼びかけるようになった。

なんだ、この猫、道のまん中に坐って

ノラ猫と一口に言うが、その中にもノラを親に生れた生えぬきのノラ猫、仔猫のうちに捨てられたもの、よほど大きくなってから引越しで置きざりにされたり、病気で捨てられたりしたもの、そして発情期に遠出して帰れなくなったもの、など色々ある。わが家に来る猫たち——主人が「雑巾《ぞうきん》」と名づけたが、可哀そうだからと、「トータス・シェル（鼈甲《べっこう》）」と改名した猫や、人なつこい黒猫やすばしこい黒トラなど——の過去を思い描いた。

娘が二歳になった頃迷いこんで来た赤トラは、どんな生きかたをして来たのか、尾羽うちからした、ノラとしか名づけようのない猫だった。全身皮膚病で所々ひっかいた跡に血がにじみ、目は目ヤニでふさがりかけ、呼びかけると「ニャア」と鳴く口の形はするが声が出ない。

はじめは一人前に警戒していたが、次第に慣れて、私の手からエサを食べるようになったので、ひっかきあとにオロナインをすりこんでやった。抵抗もせず、じっとしていた。

「こんなにはげちゃって。おまえ、ずっとノラなの？　庭になら居てもいいのよ」

縁の下にムシロを敷いてやると、ノラはそこで一日中うつらうつらしていた。最低限のエサさえ保障されれば、もうよそをうろつく必要もないのだろう。

「ママ、この猫ちゃんもうおじいさん？」歯も欠け、ヒゲも抜けたノラを見て娘が云った。

「そうみたいね。さんざん苦労したのね、きっと」

「かわいそ。ノラちゃん、ゆっくり休んでね……」

娘はうす汚いノラをいやがりもせず、いつまでも覗きこんでいた。

ちゃんと自分の分を知って、家の中に入ろうとしないノラがいじらしく、私は何とか皮膚病を直してやろうと軟膏をかえてみたが、長年かかって悪化したその皮膚病は、一向に直りそうもなかった。眼ヤニもますます多くなり、時にははれふさがった眼で、ヨタヨタ縁側の柱にぶつかりながら歩くこともあった。

ある日、娘をお昼寝させて本を読んでいると、キキッと急ブレーキの音が聞えた。外に出て見ると、ダンプカーが停って、助手席の青年がとび降りた所だった。

「なんだ、この猫、道のまん中に坐って、こいつ、死んじゃうぞ！　自殺するつもりか！」

威勢よく云ってつまみあげて、ポンと道のわきに置いて走り去った。

「まあ、ノラじゃないの。どうしたの？」

ノラは、じっと観念したようにうずくまっていた。親切な運転手さんだからよかったけれど、普通だったら、ひかれてしまったことだろう。

――もしかしたら、本当に死ぬ気だったかもしれない。

生きることに疲れはてたようなみじめな姿を見ていると、猫にも自殺ということがありうるような気がして来た。

それから数日後、ノラはどこかに姿を消し、二度と帰って来なかった。

外猫かってるの

知りあいの吉祥寺の薬局の奥さんにノラの話をすると、

「かわいそうに、安楽死させてやればよかったわねえ」

と云われて驚いた。安楽死ということは、全く思いつかなかったのだ。

「でも、命あるものを……」

「なんの、あなた、皮膚病で苦しんで、目まで病んで、もう死ぬよりほかないじゃありませんか。救いですよ。私なんか、この間伊豆へ旅行した時も、道ばたで腕怪我した猫みつけて、もう放っとけなくて獣医さんみつけてみてもらったら、手遅れってことで、安楽死させてもらったの」

「まあ、でもよく旅先で……なかなかできないことだわ」

「いえね、私、意気地がなくてダメなの、あわれな動物みると、たまんないんですよ」

奥さんはパーッと赤くなった。

「それで私も外猫かってるの」

「外猫？」

「ノラ猫にエサやってるうちに、庭に居ついちゃったんです。仔《こ》を生んで、今全部で五匹かな。あちこち散っていくようだったら、安楽死と思ったけど、どうやら居ついてるから、日に二回エサやってます。マグロのアラやアジやキャットフードまぜてね」

「まあ、エサ代も大変でしょ」

「大変だけど、放っとけなくてね。あたし、井之頭公園のノラ猫にもエサやりに行くんですよ」

「公園にいるんですか？」

「もう何十匹っていますよ。病気や怪我のは、つかまえて安楽死と思うけど、すばやくてねえ」

すぐに安楽死を持ち出す所を除けば、猫にとっては守護の天使の生れ変りみたいな人だ。

「この節、ノラも暮しにくいんですよ。フタがぴっちりしまるポリバケツに残飯いれるでしょ、エサを探すのがむつかしいのね。いっぱい余って、むざむざと捨ててるのにねえ」

奥から、薬剤師をしている娘さんも出て来て、

「だから私、市に申請書出したんです。ノラ猫のためのボランティアのシステム作りたいっていう。でも、どうしても猫なんか、ということになっちゃいますね」

とため息をついた。

「でもふしぎなことに、ノラ猫なんかに親切な人ほど、ボランティア活動に参加して老人の面倒みたり、施設で奉仕活動したり、寄附をしたり、人間にもやさしいんですよ。自分さえよければって人は、ノラ猫なんかには冷たいわね」

私達は次から次へと猫談義を続けて、あきることがなかった。

ひもじい猫を捨てておけない

　薬局の奥さん云うところの外猫を飼う家は、私の家の近所にもいく軒かあることが、次第にわかって来た。娘が生れてから近所づきあいが急に広がったのと、娘と連れだって散歩することが増えた為に、発見できたのである。

　そうした家々は、けっして華々しく自分から名のることなく、むしろひっそりとかくれていた。まるで悪いことをしているように。

「いえ、本当に、お宅は悪いことしてると云われることもあるんですよ」

　と、或る人が云った。そのお宅では、毎日のように魚を食べるので、骨やアラを窓下のお皿に入れておく。すると七、八匹のノラ猫がやって来て、ケンカもせず食べて行く。

「でもお隣はすごい猫ギライ。猫が寄り集るだけで耐えられないらしいの。それに何軒か先のお宅で、チャボや文鳥をノラ猫がとったとかで、この所ノラ猫に対する風当りがすごく強いのよ。従ってうちに対する風当りもね。うちはお姑さんが猫ギライで、どうしても中で飼うのを許してくれないしね」

でも、そうした風当りの強さは、まだ良い方だった。ある家では、おばあさんと中学生の孫が生活保護を受けて暮していたが、二人とも猫が好きで、残り物を外に出してやると猫が集る。

「そうするとね、生活保護受けているのに猫なんか、と云われるんです。でも、本当に暮らしに困って、明日の米も無いような生活の経験があるから、ひもじい猫を捨てておけないんですよ」

アパート住いなので、内猫はとても無理、せめて残りものをノラ猫にやる楽しみぐらいは……とおばあさんは云うのだった。

私は、猫が見たくなると、娘を連れて、そうした外猫を飼う家のそばを散歩した。ブロック塀の上やガレージの隣、縁の下などに日なたぼっこをしている猫をみつけると、娘と競争で呼びよせようと、

「ニャン、ニャン、ニャン……」

と声をかけた。

「ママ、ユキちゃんのママがね、猫にひっかかれたんだって。知らない猫は、スゴクこわいって云ったよ」

「それはね、猫をいじめたり、おどかしたりしたせいでしょ」

「ふーん、ママは猫にひっかかれたことない？」

「一度だけある。知りあいの本屋さんにいた仔猫をパッとつかんだら、びっくりしちゃったのね、いきなり、ママの口の両側をキーッてひっかいたの。猫のひげみたいなひっかきキズができちゃった」

「それでどうした？」

「マスクかけて歩いたわよ」

娘は、ノラ猫に手を出すとき、前よりやや注意深くなったが、おそれる様子は全く無かった。

娘と共にノラ猫に親しんでいるうちに、猫に対して凍りついていた心は少しずつ解けて行った。

主人は『黒部の太陽』に続いて『地の群れ』を完成した後、広島テレビで、原爆をテーマにした『光と風の生涯』を撮ったが、その前からお酒を飲むと荒れるようになった。酒量も急に増えて、日本酒なら一升、ウィスキーなら角瓶一本位は平気である。飲みはじめは上機嫌だが、次第に激し、日本映画界に対する日頃の鬱憤《うっぷん》がふき出して来る。そして二日を一単位に飲み続け、朝帰りどころではない。

幼児を抱える私にとって、それはつらい生活だった。心も体も疲れた。だが当時は、主人だけでなく、飲んでは信じられないような荒れ方をする映画人が多勢いた。日本映画界の波乱の時代だったといえる。

八キロほどもやせながら、私がその三、四年を何とか持ちこたえることができたのは、

——彼はいつかこんな飲み方を止める。

と思っていたからだ。なぜか分らないが、その日が来ることははっきり信じられた。だから私は、主人に無理にお酒をやめさせようとしたことはない。主人が二日酔いで寝ているときは指圧や食事の用意をすませると、たとえ一睡もしていなくても、娘を連れて外出した。

――こんな時の猫なのに、今は私の猫がいないのだ……。

悩みを人に相談するということをしない私だが、猫にだけは、何もかも心で語りかけて来たことを思い出し、やみくもに猫が恋しくなって、親しい猫たちに会いに出かけた。

私の頭の中には、通りがかりの店先や喫茶店で見かけた猫のうち、忘れえぬ猫たちを網羅《もうら》した、「東京猫地図」ができていた。

「さあ、今日は吉祥寺に買物に行くから、玉子おばさんの猫に会ってこようね」

「わあ、うれしい！　今日は、なんびき来てるかな？」

と娘。玉子おばさんとは、吉祥寺駅前の、戦後のヤミ市の名残りというマーケットの一角に、小さな玉子屋を開いていた人である。その店の棚には、いつも大人しい猫が二、三匹おひるねしていた。面白いことに、白やうす茶のブチや白っぽい三毛などの猫ばかりで、並べてあるレグホンやチャボやウズラの卵と似かよっていた。丸くなって寝ている所は、まるで大きな卵みたいで、猫卵とでも呼びたかった。

白いかっぽう着を着て半白の髪をひっつめにしたおばさんは、そっけなくて無愛想だったし、玉子も特に新鮮とか安いというわけではなかったが、私は猫に会いたいばかりにこの店に通ったのである。

高円寺南口の「ネルケン」という喫茶店の白猫のことは、若い友人が教えてくれた。

「すごいブス猫なの。ブタ猫よ。でも一見の価値はあると思うわ」

阿佐ケ谷の自然食品店へ行った帰り、「ネルケン」を訪ねてみた。ツタに被われた小さな喫茶店で、紅色を基調にした内部はうす暗く、クラシックのレコードが流れていた。色白の美人のママが、

「いらっしゃいませ」

と注文をとりに来ると、娘が、

「あの猫を……」

と思わず云ったので大笑いになった。

「コーヒーとオレンジジュース。それから、お宅の猫を見せていただきたいんですが」

「かしこまりました。でも猫は今、遊びに行っちゃって。さっきまで唐十郎さんがみえてて、膝の上であそんでたんですけど」

ママは、娘のがっかりした顔をみて、わざわざ外に探しに行った。やがて現われたのは——、

「わあ、猫ばなれしてる！」

と、思わず云った。ふとりにふとったその白猫は、地肌のピンク色が透けていて、横幅の広い鼻は桃色、目は細く小さく、まさしくブタである。抱くとどっしり重かった。７kgはある。

「すごくおでぶちゃん」

と娘が感嘆した。

「ええ、もう、よく食べるんですよ。お客様好きで、ボックスからボックスへ歩きまわってるんです」

「紅いシートに白猫はよく似合うわ。それがわかってるんじゃないかしら」

「さあ、どうでしょう」

「私の友達が、この猫ちゃんはレコードに合わせてしっぽをふると話してましたけど」

「それはちょっとあやしいですね」

ママがそういいながら頭をなでると、白猫は、抗議するようにしっぽをパタパタとシートにうちつけて鳴いた。

けっして美しいとはいえないが、貫禄と存在感にみちた白猫に、私は時々会いたくなった。友達と会う時など、「ネルケン」を利用したのも白猫が居ればこそ。この喫茶店は、一寸《ちょっと》わかりにくい場所にあるので、時々文句をいう人もいたが、やさしくて美人のママ、おいしいコーヒー、クラシック音楽のどれかに機嫌を直すのだった。


水道橋の駅近くの果物店の黒猫も、友達に教えてもらった。彼女は猫好きなのに、私同様猫を飼っていなかった。アパートだから飼えないのだ。それで、会社の往復に目につく猫をかわいがっていたのである。

「その中で、一番風変りなのが、その黒猫なの。まあみて」

彼女は、

「こんにちは！　また猫に会いに来ましたよ！」

と奥のレジのわきに居た女主人に声をかけた。見ると、レジの横の小机に、一匹の黒猫が坐っている。

「べつに変った所ないじゃない？」

小声で云うと、

「と思うでしょ。ところが、ほら」

いきなり彼女は、黒猫の前肢を持って、後足で立たせた。

「?!」

私はおどろき声もでなかった。その猫は、両わきの下と下腹部の肢のつけね、つまり人間で云えば体毛で被われている部分だけに、白い毛が生えていたのだ。

「わかった？　ポルノキャットなのよ、こいつは」

友達は、ほがらかに笑った。わかった、わかったと彼女をうながして、私は早々にそこを出た。造化の神が猫の毛並も決めるとすれば、神も物好きだ。そこは、ちょっと娘をつれて再訪する気になれないまま、今日に至っている。

お茶の水から湯島へ向う坂道の、医療器具店を、通りすがりにふとのぞいたのは何故だったのだろう。気配を感じたから、という外ない。小さな陳列ケースのわきに、まるでクッションみたいに広がって眠っているべっこう（入りまじった三毛）猫を見た時、私は思わずガラス戸をひきあけて中に入った。

「この猫……めずらしい毛並ですね」

「おたく、猫好きなんですか？」

事務服を着た四十歳位の女の人が立って来て、かがみこんで猫をなでた。その手つきを見ると、彼女もまた相当の猫好きということが分った。やさしい微笑をうかべて、猫の話をしてくれた。

「これはね、ここの奥さんの話だと、ノラ猫とペルシャのアイノコなんですって。こんなにめずらしい毛並でしょ、これ牝だから、仔が生れたら下さいって人、いっぱいいるけど、全然仔が育たないんですよ。流産、死産、生れてもすぐ死んじゃって。こんなにきれいな猫なのにねえ。やはり、血統的に弱くなっちゃってるのかしら」

「こんなにふとって丈夫そうなのに」

「いえね、またおなかに仔がいるの。もうすぐ生れるんですよ。今度はどうかしらね」

私は、そのべっこう猫のお産の結果が気になって、一ヶ月ほどして娘をつれて見に行った。やはり死産だったとのことで、べっこう猫は、ぼうっとしたやつれた顔をしていつもの場所に坐っていた。

「可哀そうに、どうしてもお母さんになれないのよ、この子は」

女の人の声が、かすかにしめって聞えた。ふと彼女の身の上が思われた。どこか独り身の感じのするひとだ。私はお礼を云って店を出た。それきり、その店の前を通ったことはない。

渋谷の飲みや「とん平」の猫も、三毛が入りまじったふさふさした毛並をしていた。黒味が強い縞目のみえる部分もあったから、キジ猫とペルシャの混血かもしれない。鼻のあたり、いなずまのようにジグザグに白く抜けているのが、ひょうきんだった。

「とん平」は、じっくり煮こんだおでんや、お刺身や焼き魚などでお酒をのませる店だったので、猫が客の足もとを歩くと、

「ほら」

と、あちこちから御馳走が降った。けっしてガツガツしない品のよい猫だったので、一層皆の人気を集めていた。

私は足元にエサを投げることではあき足らなくて、いつも膝の上に抱き上げた。抱いてみると、意外と骨細な、きゃしゃな体だった。そうしてじっと抱いていると、何ともいえない幸福感に胸をひたされた。飲みはじめたばかりで上機嫌の主人のお相伴で、ほろ酔い加減になったせいかもしれない。私は膝の猫をなでつつ、酒好きの歌人吉井勇の歌を思い出していた。

ふくよかに猫を抱けばよろこびは
よみがへるなり君が心に

上野の動物園に行くと、私と娘はまっ先に七区に向う。猛獣類の檻《おり》が並んでいる場所である。

「ママ、この猫大きいねえ」

三歳頃、娘はヤマネコを見て感嘆した。

「猫じゃないの。ヤマネコ。でも親セキみたいなものね、呼んでみようか？」

「うん」

私は娘と二人、檻の奥の高い木の枠に登って眠っているヤマネコを呼んだ。

「ニャーゴ！」

「ニャーアアアゴ！」

一人ではとてもできない。子連れっていいナ、と思いながら声をはりあげる。と、ヤマネコは、ピクリと耳を動かし、頭をもたげたと思うと、柱を伝ってとび降りた。

私達の前にやって来た。

「わあ、ママ、来たよ！」

「うん。大きいね。すごいなあ。こんなの飼いたいわね」

私はほれぼれと、その黒と茶の縞にいろどられたシェパードほどもある体に見ほれた。

「ニャア？」

と云ってみる。何度目かに、

「ギャアオ」

と答えたが、なんだ人間か、とバカにしたように眼を細めると、奥に行ってごろりと寝てしまった。

私と娘は、それから堪能する迄猫族を見てまわった。猫族と一口に云っても、実に個性的で、しかもそれぞれに好ましい。

たとえば鼻の形ひとつとってみても、ライオンはずんぐりと鼻筋ふとく、ジャガーは鼻の穴が目立ち、ピューマはわりと小じんまりまとまっている。眼もそれぞれ個性があって、ライオンはあくまで小さな眼で、見ている内におかしくなるし、ピューマは白いアイシャドウが効いていて賢こそうだし、ジャガーは眼と眼の間があきすぎて間が抜けている。

ただし運動不足でふとっているのが多いのは残念である。特にピューマはヨタヨタする位ふとっていて、猛獣という印象からほど遠かった。

パンダで大騒ぎの時も、私たちは無関心だった。
――パンダがなんだっていうの？　白地に黒ブチの猫がふとりすぎたみたいじゃない。
私たちは、猫族に会うだけですっかり満足して帰途につくのだった。

その他新宿ステーションビル屋上のペットショップのペルシャ猫（うす汚れた白の大人猫で、なかなか売れなかった）、銀座四丁目角の三愛ビルの入口にある石彫の猫（フランスのマンガ家シネの描く猫に似ている）、大森のラーメン屋の三毛猫など、忘れ得ぬ猫はまだ沢山いる。

私と娘は、そうした猫たちを求めて東京という都会のジャングルにわけ入り、その道すがら予期せぬ猫に出会い、人に出会った。そうした数々の出会いを通じて、娘はますます自分の猫をほしがるようになり、私もまた猫を飼ってもいい、という気持に傾いていった。

私の猫がいない日々……それは私にとって夜だった。しかし、その日々を通して、私は自分を、そして猫をみつめ直すことができたのである。やがて再び私は猫を飼い始め、それと前後して、ものを書く仕事を始めた。

くまい・あきこ（一九四〇〜　）エッセイスト

猫の墓

夏目漱石

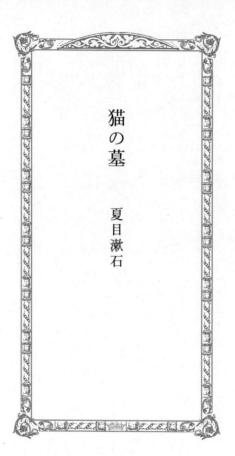

早稲田へ移つてから、猫が段々瘠《や》せて來た。一向《いつかう》に小供と遊ぶ氣色《けしき》がない。日が當ると縁側に寢てゐる。前足を揃へた上に、四角な顎を載せて、じつと庭の植込《うゑこみ》を眺めた儘《まま》、いつ迄も動く様子が見えない。小供がいくら其の傍《そば》で騒いでも、知らぬ顔をしてゐる。小供の方でも初めから相手にしなくなつた。此猫はとても遊び仲間に出來ないと云はん許《ばか》りに、舊友を他人扱ひにしてゐる。小供のみではない、下女はたゞ三度の食《めし》を、臺所の隅に置いてやる丈《だけ》で其の外には、殆《ほとん》ど構ひ附けなかつた。しかも其の食《めし》は大抵近所にゐる大きな三毛猫が來て食つて仕舞つた。猫は別に怒《おこ》る様子もなかつた。喧嘩をする所を見た試《ため》しもない。たゞ、じつとして寢てゐた。然《しか》し其の寝方に何所《どこ》となく餘裕《ゆとり》がない。伸《の》んびり樂々と身を横に、日光を領《りやう》してゐるのと違つて、動くべきせきがないために——是《こ》れでは、まだ形容し足りない。懶《もの》うさの度《ど》をある所迄通り越して、動かなければ淋《さび》しいが、動くと猶淋《なほさび》しいので、我慢して、じつと辛抱してゐる様に見えた。其の眼附は、何時《いつ》でも庭の植込を見てゐるが、彼《か》れは恐らく木の葉も、幹の形も意識してゐなかつたのだらう。青味がゝつた黄色い瞳子《ひとみ》を、ぼんやり一《ひ》と所《ところ》に落ち附けてゐるのみである。彼《か》れが家《うち》の小供から存在を認められぬ様に、自分でも、世の中の存在を判然《はつきり》と認めてゐなかつたらしい。

夫《そ》れでも時々は用があると見えて、外へ出て行く事がある。すると何時《いつ》でも近所の三毛猫から追懸《おつか》けられる。さうして、怖《こは》いものだから、縁側を飛び上がつて、立て切つてある障子を突き破つて、圍爐裏《いろり》の傍迄《そばまで》逃げ込んで來る。家《うち》のものが、彼《か》れの存在に氣が附くのは此の時丈《だけ》である。彼《か》れも此の時に限つて、自分が生きてゐる事實を、滿足に自覺するのだらう。

是れが度重なるにつれて、猫の長い尻尾《しつぽ》の毛が段々抜けて來た。始めは所々がぽく〳〵穴の様に落ち込んで見えたが、後《のち》には赤肌《あかはだ》に脱《ぬ》け廣がつて、見るも氣の毒な程にだらりと垂れてゐた。彼《か》れは萬事に疲れ果てた、體軀《からだ》を壓《お》し曲げて、しきりに痛い局部を舐《な》め出した。

おい猫がどうかしたやうだなと云ふと、さうですね、矢つ張り年を取つた所爲《せゐ》でせうと、妻《さい》は至極冷淡である。自分も其の儘にして放《はふ》つて置いた。すると、しばらくしてから、今度は三度のものを時々吐く様になつた。咽喉の所に大きな波を打たして、嚏《くしやみ》とも、しやくりとも附かない苦しさうな音をさせる。苦しさうだけれども、已《やむ》を得《え》ないから、氣が附くと表へ追ひ出す。でなければ疊の上でも、布團の上でも容赦なく汚《よご》す。來客の用意に拵へた八反《はつたん》の座布團は、大方彼《か》れの爲に汚されて仕舞つた。

「どうも仕様がないな。腸胃《ちようゐ》が悪いんだらう、寶丹《はうたん》でも水に溶《と》いて飲まして遣《や》れ」

妻《さい》は何とも云はなかつた。二三日してから、寶丹を飲ましたかと聞いたら、飲ましても駄目です、口を開《あ》きませんといふ答をした後《あと》で、魚《さかな》の骨を食べさせると吐くんですと説明するから、ぢや食はせんが好いぢやないかと、少し嶮《けん》どんに叱りながら書見をしてゐた。

猫は吐氣《はきけ》がなくなりさへすれば、依然として、大人《おとな》しく寢てゐる。此の頃では、じつと身を竦《すく》める様にして、自分の身を支へる縁側丈《だけ》が便《たより》であるといふ風に、如何《いか》にも切り詰めた蹲踞《うづく》まり方をする。眼附も少し變つて來た。始めは近い視線に、遠くのものが映《うつ》る如く、悄然《せうぜん》たるうちに、どこか落付が有つたが、それが次第に怪しく動いて來た。けれども眼の色は段々沈んで行く。日が落ちて微《かす》かな稻妻《いなづま》があらはれる樣な氣がした。けれども放《はふ》つて置いた。妻《さい》も氣にも掛けなかつたらしい。小供は無論猫のゐる事さへ忘れてゐる。

ある晩、彼は小供の寢る夜具の裾に腹這になつてゐたが、やがて、自分の捕《と》つた魚《さかな》を取り上げられる時に出す樣な唸聲《うなりごゑ》を擧《あ》げた。此の時變だなと氣が附いたのは自分丈《だけ》である。小供はよく寢てゐる。妻《さい》は針仕事に餘念がなかつた。しばらくすると猫が又唸つた。妻《さい》は漸《やうや》く針の手を已《や》めた。自分は、どうしたんだ、夜中に小供の頭でも嚙《かじ》られちや大變《たいへん》だと云つた。まさかと妻《さい》は又襦袢の袖を縫ひ出した。猫は折々唸つてゐた。

明くる日は、圍爐裏《ゐろり》の緣《ふち》に乘つたなり、一日唸つてゐた。茶を注《つ》いだり、藥罐《やくわん》を取つたりするのが氣味が惡い樣であつた。が、夜になると猫の事は自分も妻《さい》も丸《まる》で忘れて仕舞つた。猫の死んだのは實に其の晩である。朝になつて、下女が裏の物置に薪《まき》を出しに行つた時は、もう硬くなつて、古い竈《へつつひ》の上に倒れて居た。

妻《さい》はわざ〳〵其の死態《しにざま》を見に行つた。夫《そ》れから今迄の冷淡に引き更へて急に騒ぎ出した。出入《でいり》の車夫を頼んで、四角な墓標を買つて來て、何か書いて遣《や》つて下さいと云ふ。自分は表に猫の墓と書いて、裏に此の下に稲妻起る宵あらんと認《したた》めた。車夫は此の儘、埋めても好いんですかと聞いてゐる。まさか火葬にも出來ないぢやないかと下女が冷《ひや》かした。

小供も急に猫を可愛《かはい》がり出した。墓標の左右に硝子《ガラス》の罎《びん》を二つ活《い》けて、萩《はぎ》の花を澤山《たくさん》挿した。茶碗に水を汲《く》んで、墓の前に置いた。花も水も毎日取り替へられた。三日目の夕方に四つになる女の子が――自分は此の時書齋の窓から見てゐた。――たつた一人墓の前へ來て、しばらく白木の棒を見てゐたが、やがて手に持つた、おもちやの杓子《しやくし》を卸《おろ》して、猫に供へた茶碗の水をしやくつて飲んだ。それも一度ではない。萩の花の落ちこぼれた水の瀝《しただ》りは、静かな夕暮の中に、幾度《いくたび》か愛子《あいこ》の小さい咽喉を潤《うる》ほした。

猫の命日には、妻《さい》が屹度《きつと》一切《ひとき》れの鮭《さけ》と、鰹節《かつぶし》を掛けた一杯の飯を墓の前に供へる。今でも忘れた事がない。たゞ此の頃では、庭迄持つて出ずに、大抵は茶の間の簞笥《たんす》の上へ載せて置くやうである。

なつめ・そうせき（一八六七〜一九一六）作家

私の動物記・猫／猫の災難

中村眞一郎

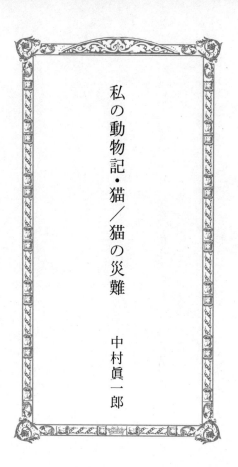

私の動物記・猫

わが家には、常時、十数匹の猫が住んでいる。飼っているといってもいいが、先方は飼われているつもりかどうか、そこのところがよくわからない。

ただ自分の家だという観念ははなはだ強いようで、遠出をしても必ず帰ってくる。

今日のことだから、彼らも天寿をまっとうすることは困難で、交通事故で死ぬ者も少なくない。大体が、美貌のものが車にはねられる率が多いのは、どういう理由だろうか。——

十匹以上いると、猫といえども、その性質はそれぞれ違っているのがわかって、普通、猫の特徴といわれているものに反しているのもでてくる。

彼らは一般に人間が好きであるが、その愛情の表現は、それぞれ個性的である。むやみと鳴いてみせるおしゃべりもいれば、黙ってやって来て、人の足をぎゅっと踏んづけて、そのまま知らぬふりをして遠ざかって行く技巧的なのもいる。ようとする行動派もいれば、胸に這いあがってきて、人の脣を嘗め
自分の名前は知っていて、群れに向かってある一匹の名を呼ぶと、必ずその名のやつが返事をするから、ある程度、聞き分けることができるようである。また、ある猫について、人間同士が噂をすると、そいつが耳や尻尾で反応を示す。大体彼らは話題になることが好きである。

夜おそくこちらが二階の書斎で仕事をしていると、軒をつたって窓の外へ来て、呼び掛けるのが、二、三匹はいる。返事をしてやらないといつまでも鳴いているが、声を掛ければ安心して帰って行く。向こうとしては、こちらが寝ないで働いているのに、同情を示そうとしているのかも知れない。

また、昼間、庭でピンポンをはじめると、屋根へ上がって観戦しながら、身を乗

りだすようにして大声で声援するやつもいる。

そうかと思うと、仲間にも人間にも関心がなくて、餌を食べる時以外は、いつもひとりで目立たないところへ引っこんでいるという、変わり者もいる。

母猫は子猫を守る本能が強いというが、若い母猫は、子猫の世話を自分の母親に押しつけて、外へ遊びに行ってしまうのもいる。子猫はおばあさんの乳を吸っている。

ある時、子猫がぬれそぼって迷いこんできて、とうとう一家の仲間入りをした。生れた時から家にいる猫たちは、この外来者を分けへだてする様子はなかったが、本人（?）が勝手に人目を避けたり、人が呼ぶとおびえて椅子の下へかくれたりして、決して甘えないので、かえってこちらの愛情が通じないようで厭《いや》だった。

ところがそいつが病気になって入院した。そうして退院してくると、人（?）が変ったように、たちまち甘えたり、じゃれたりするようになった。

そして庭を横切るのも、今までは肩をすくめて、こそこそ駆け出していたのに、尻尾を立てて威張って歩くようになった。しばらく家を離れていたのが、好結果をもたらしたのである。

猫の災難

今年の春は、わが家のある世田谷近辺は二度の流感に襲われた。

最初は人類がやられて、近くの小学校は学級閉鎖ということになったりし、大人共も仲なか全快しなくて閉口だった。

が、その波がようやく去ったと思うと、こんどは猫の流感がはじまった。

わが家には十数匹の猫が住みついているから、彼らはつぎつぎと病の床に臥《ふ》すことになり、医者の回診を求めたり、入院したりという騒ぎになった。大手術の結果、辛うじて生命を助かったのもあったが、嵐のすんだあとでは、半数に減っていた。

ある他所の雄猫は、病気になるとわざわざわが家へやってきて、女中部屋の押し入れのなかで寝ついてしまった。多分、自分の好きな雌猫のそばで死にたいと思ったのだろう。わが家では、しかし、十匹以上の病猫を擁して、到底他家の猫の世話までは看《み》れないし、といって飼い主の見当もつかないので、余命いくばくもないその雄猫を、保健所にお引き取りいただいた。

ところが不思議なことに、流行が終わった頃になって、死んだ筈《はず》のその雄猫が、元気な姿を現わして、悠々と一泊して帰っていった。

尤《もっと》も、以前は一日に一度は必ず訪問していた彼は、その後あまり顔を出さなくなったところをみると、彼の愛した雌猫は、死んだ方のなかに含まれていたのだろう。

とにかく、この流感の騒ぎの終わったあとでは、近所にほとんど猫の姿を見なくなった。そうして生き残った猫どもは、いずれもひどい寂しがりやになって、人間に甘えてばかりいる。

特に腹部の切開手術によって生命をとりとめたやつの、退院してきた日の喜びようは尋常ではなかった。人間の足音を聞くたびに、彼女は大声に泣いては身をよじてみせた。


なかむら・しんいちろう（一九一八〜一九九七）作家

猫の島

柳田國男

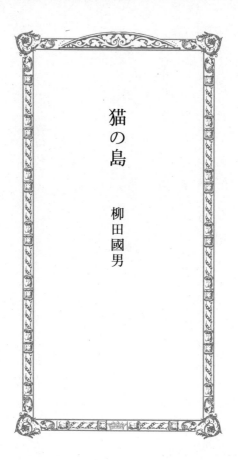

一

陸前田代島《たしろじま》の猫の話は、あれからもまだ幾つか聴いたが、もう「窓一ぱいの猫の顔」というような、奇抜な新鮮味のある空想には出くわすことができなかった。たとえば村長さんが祝宴の帰りに、夜どうし島の中をあるきまわって、すっかり土産の折詰を食べられてしまったとか、または渡し舟に立派な身なりの旅人が乗って来て、後で舟賃をしらべたら木の葉であったとかいう類の風説は、型が前からあってどうやら他所の話の借物とも見られる。そうして島人も真顔に合槌《あいづち》を打つ者が無くなりかけて居るのである。

そんな中でただ一つ、これは古くから謂《い》われたことらしいが、田代は猫の島だから犬を入れない。犬を連れて渡ると祟《たた》りがあるというのが、私などには注意せずには居られぬ。最近の島の話では、猫は害あるもの、少なくとも島の不安の種であって、たまたま見たといえば怖ろしいと感ずる人ばかりが多い。寧《むし》ろ盛んに猛犬を放って、警邏《けいら》させたらよかろうと思うような状態に在るのである。そこにこのような俗信がまだ残って居るとすれば、猫に対する考え方の以前はまた別であったことを、推測せしめることは言うに及ばず、もしも到底有り得ない事だと決するようであったら、どうしてまた色々の猫の怪談《かいだん》が、特にこの島にのみ信じられることになったかの原因を、逆に尋ねて行く手掛りになろうも知れぬのである。

犬を上陸させてはならぬという戒《いまし》めは、また伊豆の式根島《しきねじま》にもあったと聞いて居る。この島はたしか今から四、五十年前までは、全くの無人島であった。僅かな畠地があって隣の島から、時々耕作や木草を苅りに渡るだけだったというのに、やはり猫が住んで居るために犬の行くことを忌むのだと説明して居た。人家が無いのに猫の居るのも恠《おか》しく、それに遠慮をして犬を連れ込まぬというのはなお更合点が行かない。これなどは或《あるい》は犬をきらうという方が元で、その理由を知る者が少なくなった結果、新たにこんな単純な想像が生れたのかとも考えられる。

犬を連れて渡ってはならぬという島は、尋ねたらまだ他にもあろうと思う。一つの例は譚海《たんかい》の巻六に、安芸《あき》の厳島《いつくしま》の別島に黒髪という所あり、そのかみ明神のましませし所にて、今に社頭鳥居など残りてあり。この島に犬無し。犬の吠ゆる声を憎ませたまふ故といへりとある。それはただ一つの噂というまでで、現実にはこれを試みる折も無かったのであろう。芸藩通志《げいはんつうし》などには何の記述もないが、大小二つの黒神という島の名は挙げて居る。大黒神島は周《まわ》りが二里十六町あって能美島の西岸に近く、これにはあの頃既に人家が二軒あった。小黒神はずっと小さくて周り二十八町、沖のと中に在って居民無しとあるから、問題になったのは多分この方であろう。今でも果して犬を忌むという伝えが残っているかどうか。何とかして実地に当って見たいものと思って居る。

まだ十分な根拠があるとは言われぬが、自分の推測では犬を寄せ付けなかった最初の理由は、島を葬地とする慣習があったからだろうと思う。以前の葬法は柩《ひつぎ》を地上に置いて、亡骸《なきがら》の自然に消えて行くのを待ったものらしく、従って獣類のこれに近よることを防いだ形跡は、色々と今も残っている。物忌《ものいみ》の厳重な宮島のような土地で無くとも、海上に頃合の離れ小島があれば、それをはふりの場所としたのは自然であって、また現にその実例は幾つかある。ただ多くの都邑《とゆう》に在ってはそれが望めない故に、人が喪屋の守りに堪えず、また感覚のやさしくなるにつれて、土葬火葬の新方式が、次々に考案せられたのである。犬を特に忌み嫌った理由は、必ずしもその害が狼狐より大きかったためで無く、寧ろ犬が平気で人里に往来するからであったことは、いわゆる五体不具の穢《けが》れという記事が、頻々《ひんぴん》として中世の記録に見えて居るのでもわかるのだが、そんな陰気な話はもう忘れた方がよいのだから、これ以上に詳しくは説いて見ようと思わない。

二

とにかく犬を牽《ひ》いて渡ってはならぬという戒めの方が前にあって、その理由がやや不明になって後に、犬を敵とするものが島には居る、それは猫だという説が起り、その猫にはまた違反を罰するだけの、畏《おそ》るべき威力があるように考えたのが、すなわち田代の島の前史でもあったかと思う。島を開きに後から入って来る人々は、もちろんここをトオテンインゼル（はふりの島）とする風習の、かってはあったということをさえ知らぬ者が多かろうが、中には奄美《あまみ》群島の小さな島々のように、一方の側面には平和なる村が起り、他の一側の断崖の下へは、互いに人知れずはふりを送って居た例もあるのである。犬を入れては悪いという俗信は、寧ろ来歴を説明し難くなって後に、却《かえ》ってその神秘性を全島に拡げることになったのかも知れない。

犬と猫との仲の悪いことは、日本では殊に評判が高く、枕の草紙にも既にその一つの記録があるが、そればかりでは犬を憎むという島が、忽《たちま》ち猫の島に変ずる理由にはなり兼ねるように疑う人も或は無いとは言われぬ。しかし人をその様な空想に導く事情は、私たちから見ればまだこれ以外にもあったのである。多くの家畜の中では猫ばかり、毎々主人に背いて自分等の社会を作って住むということが、第一には昔話の昔からの話題であった。九州では阿蘇郡の猫嶽を始とし、東北は南部鹿角《かづの》郡の猫山の話まで、いいぐあいに散布して全国に行われて居るのは、旅人が道に迷うて猫の国に入り込み、怖ろしい目に遭うて還って来たという奇譚《きたん》であった。猫嶽では猫が人間の女のような姿をして、多勢聚《あつま》って大きな屋敷に住み、あべこべに人を風呂の中に入れて猫にする。気づいて遁《に》げて出る所を後から追いかけて、桶の湯をざぶりとかけたらそこだけに猫の毛が生えたという話もあって、支那《シナ》で有名な板橋《はんきょう》の三娘子《さんじょうし》、または今昔物語の四国辺地を通る僧、知らぬ所に行きて馬に打成さるる語、さては泉鏡花の高野聖《こうやひじり》の如き、我々がよくいう旅人馬の昔話を、改造したものとも考えられぬことは無いが、それには見られない特徴もまた有るのである。

中国方面で折々採集せられる例では、この猫の国の沢山の女たちの中に、一人だけ片眼の潰《つぶ》れた女が居た。それが夜中にそっと入って来て、私は以前御宅に居たトラという猫です。ここに居ると命があぶないから、早くお遁げなさいと教えてくれる。成るほど思い出すとその猫を折檻《せっかん》して、左の眼を傷つけたらそれっきり居なくなった。それがこうして子飼いの恩を返したのだというのもあれば、或は無慈悲な婆が爺の優遇せられて来たのを羨んで、のこのこ尋ねて行って食われてしまったという、舌切雀式な話し方もある。いずれにしてもこれに専属して居る趣向というものが無いのを見ると、起源はただそういう伝説の破片に、強いて昔話の衣裳を着けさせて、その不思議を珍重したものとしか思われない。つまりは猫が必ずしも人類の節度に服せず、ともすれば逸脱して独自の社会を作ろうとするものだということを、稍《やや》アニミスチックに解釈して居た名残とも認められるのである。

猫の尻尾ということは興味ある一つのテエマであるが、これを論述するにはまだ私の資料は整わない。とにかくに日本だけでは、尻尾の完全なる猫は化けるという人がある。或はただ単に猫は一貫目より大きくなると、油断がならぬという話もあって、化けた踊った人語《じんご》したという奇譚ならば、掃くほども国内に散らばって居るのである。東京などでもよく言うことらしいが猫は飼う始めに年期を言い渡すべきもので、そうするとその期限が来れば居なくなるともいう。伊豆北部の或村での話に、三年の約束で飼って居た猫が、どこへ行くだろうかと跡を付けて見ると、谷の入りをどこまでも行って、或洞穴の中で狐と一しょに踊って居たという。あんまり早速な話で有った事とも思えないが、少なくとも年期が終わると出て行くというのが、この地方の常識であったことだけは考えられる。狐と猫との交際ということも、奇妙な話だがここばかりで無く、弘く東西の府県にも言い伝えられて居る。よく聴く話は狐が人の目を騙《だま》すために、可愛い小猫に化けて入って来たといい、或は月夜に垣根の外を覗くと、猫が狐の踊るふりを見て居て自分も後足で立って同じ様に踊ったといい、または伊豆にもあったように、二種の獣が入り交って盛んに踊って居たというのも、二つや三つの本だけの稀有なる記録では無いのである。どうして狐と特別の関係があったものか、私などには無論答えることが出来ぬが、ともかくも猫の信用は犬よりは一般にやや低く、機会が有るならば独立もしかねぬもののように、かつて警戒せられて居たことはあったのである。

三

能登半島の遥かなる沖に、猫の島という島があることは、やはり今昔物語の中に二度まで記してあるが、これは鮑《あわび》の貝の夥《おびただ》しく取れる処というのみで、島の名の起りは一言も説明せられて居ない。もはや尋ねて見る方法は無いかも知れぬが、或はずっと以前に猫だけが集まって住む島があるように、想像して居た名残ではないかと思って居る。それから今一つ、常陸《ひたち》の猫島は筑波山の西麓で、これは島でも何でも無い平野の村であるが、奇妙に安倍晴明の物語の中に入って、夙《はや》くからその名を知られて居た。土地にも色々と晴明の遺跡があって、かつては陰陽師《おんようじ》の居住する村であったことだけは考えられるが、やはり猫島の地名の由来を明かにすることが出来ない。ただここでも篠田《しのだ》の森というような狐女房の狐の話に附随して、かつては猫の不思議を説く者が、有ったのでは無いかと思うばかりである。

　猫が人間を離れて猫だけで一つの島を占拠するということは、現実には有り得べきことではない。彼等には舟楫《かじ》も無く、また希望も計画も無いからである。しかし島人には現代に入って後まで、鼠の大群が島に押渡って、土民の食物を奪い尽し、暴威を振った物すごい経験を重ねて居るために、猫にも時あってそういう歴史があったように、想像することが出来たものらしい。八犬伝に出て来る赤岩一角、上州庚申山《こうしんやま》の猫の恠《け》という類の話は、いくら例があっても要するに空想の踏襲に過ぎない。猫嶽猫山の昔話とても、昔々だからそんな事も有ったろうという程度にしか、これを承認する者はもう無いのである。ところが少なくとも島地だけでは、今でもまだ若干の形跡が、現実に住民の目に触れて居るのである。猫ならそれ位なことはするかも知れない。猫の島というのがどこかの海上に、有るというのもうそでなかろうと、思うような心当りは島にはある。南島雑話は今から百年余り前の、奄美大島の滞在者記録であるが、その中には次のような一条がある。曰くまたここに一つの奇事あり。雄猫は成長すればすべて山に入りて、山中猫多きものという。その猫雌猫を恋うるときは里に出でて徘徊す云々とあつて、それでも山に入つたまま出て来ぬ雄猫も多いので、この島の雌猫は往々にして仔を生まぬものがあると謂って居る。山に入って行くのが悉《ことごと》く雄のみだという観察は、必ずしも精確を期せられない。男性に限ってそんな思い切ったことをするというのは、或は人間からの類推であって、実際は山でも時々は配偶が得られ、従ってまた繁栄もしたのではないかと思う。隠岐《おき》は島後でもまた島前の島々でも、飼猫の山に入ってしまうことを説く者が今も多いが、ここでは雌雄の習慣の差は無いようである。猫の屋外の食料は動物ばかりで、家でもらうものよりはたしかに養分が豊かである。それ故に家々の猫がこれを始めると見る見る太り、そうして段々と寄り付かなくなって来るのである。面白いことにはこの島には狐狸《こり》が居らぬためか、彼等のすることはすべてこの猫がして居る。淋しい山路や森の陰には、必ず著名な猫が住んで関所を設けて居る。魚売が脅かされて籠の荷をしてやられ、または祝宴の帰りの酔うた客人が、夜途を引廻されて家苞《いえづと》や蠟燭《ろうそく》を奪われたというだけで無く、化けた騙した相撲を挑んだという類の、他の地方では河童や芝天狗のしそうな悪戯までを、隠岐では悉く猫がすることになって居るのである。人がそういう特殊の名誉を、次々に山中の猫に付与したのでなかったら、彼等独自の力ではこれまでは進化しそうもない。すなわち陸前田代島の怪談なども、単に我々の統御に服せざる猫が居るという風説から、成長したことが類推せられて来るのである。

四

犬と猫との相異はこういう所にもあるかと思う。犬には折々は乞食を主人と頼むものも居るが、猫の方がよっぽどうまい物をくれないと、ふいと出て行ってもう還って来ない。東京のまん中でも空地へ出てバッタを押えたり、トカゲをくわえて来て食って居るのがある。あら気味が悪いと謂って見たところで、もともと鼠を給料のつもりで、飼って居るような主人である。あまり美食をさせると鼠を捕らなくなるからいけないなどと、気まづいことを考えて居る主人である。いづくんぞ知らん猫たちの腹では、ヘンこの家には鼠が多いから居てやるのだと、つぶやいて居るかも知れぬのである。

そういう中でもいやに長火鉢の傍などを好み、尾を立て喉を鳴らして媚《こび》を売ろうとする者と、子供でも来るとついと立退いて、半日一夜どこに行ったか、何を食って居るかもわからぬ者とがある。これは勿論《もちろん》気力の差、もしくは依頼心の程度でもあろうが、一つにはまた各自の経験の多少にもよることで、田舎は大抵の町のまん中よりも、その経験をする機会が多かったわけである。娘や少年の客の前に出たがらぬ者を、関東の村々では天井猫《てんじょう》と謂い、或はツシ猫などと戯れて呼ぶ例も多いが、これは猫たちが屋根裏に隠れて何をして居るかを、考えない人々の誤った譬喩《ひゆ》である。人間のツシ猫は決してこれによって、独立独歩の精神を養おうとはせぬのに、猫はこれから段々と一本立ちになるからである。猫の方の人嫌いは、我家が狭ければ他家の天井にも上り縁の下にも潜《ひそ》み、人が見なければ戸棚の中の物をさえ狙おうとする。そうするとたちまちのら猫となりまた泥棒猫と罵《ののし》られるのだが、そういうことは絶対に人間の娘少年には出来ない。

のら猫という言葉は歌にも詠《よ》まれて居るから、中世にも既に観察せられたのである。これを妻問いうかれあるく頃の、猫に限ると思ったのは貴族的で、以前は野らにも彼等の自活する資料が、今よりも遥かに多かったことを知らぬのである。野らの全く無い都会の地においては、今はどら猫と呼んで一段と忌み憎んで居るようだが、ドラとノラと、言葉の系図だけは少なくとも連綿《れんめん》して居る。話は再び島の猫に戻って来る。肥前五島《ごとう》の島々でムダ猫と謂うのが、やはり家出をしたうかれ猫であった。ムダは野らよりも更に原始的な沮洳地《そしょち》のことで、そこに食物をあさって戻って来ようとせぬやつが、一つの名をなすほどもこの島には居たのである。大抵は家の飼猫よりも太く逞ましく、人が喚《よ》んでも見向きもしないのは同じだが、尋常の野ら猫・山猫の輩《やから》が、物陰に陰険な眼を光らせて居るに反して、これは白日の下に濶歩《かっぽ》して、遠くから誰にでも見られ、平気で居た点が殊に痛快である。そうして島に限ってそういう猫が居たということは、私はやっぱり犬が少なかったためだろうと思って居る。

五

これに関連して言って見たくなったことは、ほんの近年の出来事ではあるが、薩《さっ》摩《ま》の西北隅の阿久根《あくね》という附近の海岸に、鶴類の渡来地として急に有名になった一区画の水田地帯がある。いわゆる天然記念物としてこれを保護することになって、最初に先ず村々に、犬を置くことを禁じた。もちろん禁猟区だから他からつれて来ることも無い。そうすると鶴ばかりか鴨《かも》に鴫《しぎ》、その他大小色々の水禽《みずとり》が皆集まって来て、その恩恵に均霑《きんてん》することになり、ちっとは農民の迷惑にもなった様子である。ところが第二の変化には近隣の猫ども、たちまち家を出て行ってかの五島で謂うムダ猫となり、太って活発になって遠征を好むようになった。鶴には歯が立つまいから御規則を破ることにはならない。春過ぎ鴨類が故郷に還った後に、再び旧主の家に還って来てげっそりと痩せてしまうというのは、本とうに話のような事実である。

四国にはもと狐が居なかった。そうして狸が徒党を組んで人に取付き、また仲間でも合戦などをした。佐渡にも同様に狐は影を見せず、その代りには二つ山の団三郎という狸が長者となって居る。隠岐でも最近に人狐が渡ったという噂はあるが、やはり化ける役は猫に引受けさせて居たのは、いわば本職の払底とも考えられる。それよりも一層確かなことは、犬の少なかったことだと思う。丸々居らぬという程で無くとも、わざわざ大海を越えてつれて行った人もあるまいから、その繁殖は他の地方と比べて、必ず少なかったからそうなったのだろうと思う。島に猫の怪《け》を絶たんと欲すれば、犬の輸入に奨励金を出すという一策もある。狐を招待すれば猫の方は化けるのを止めるかも知れぬが、これは蓄犬税よりも今一段と愚策である。

伊豆の八丈では寛永十九年に、始めて国地より犬渡ると、八丈島年代記に見えて居る。年代記にも載せるほどだから、その後とてもそう平凡な出来事では無かったのであろう。現在はどういう計数を示して居るか知らぬが、とにかくこの島には山猫が昔から、たった一種の山の怪物であって、今でも彼奴のしわざかという不思議が、取集めて見たら陸前田代島よりは多かりそうである。われわれの英雄近藤富蔵などは、六十年に近い流謫《るたく》の間に、一度も武勇を示す折をもたずに死んだ人だが、それでも何とか谷の魔所を通って、山猫を斫《き》り殺したという誉れを伝えて居る。そうしてこの島には猫の大いに跋扈《ばっこ》すべき条件は別に具わって居たのである。小川白山の蕉斎筆記に、古川古松軒の覚書として次のような記事を転載して居る。曰くこの島は鼠夥しく、島人も制しかねたり。国地より猫を貰い帰る者、よほどの数なりといえども、五十四や七十四の猫にては中々支うべきにあらず。鼬《いたち》を数百渡さるべき三河口君の思召《おぼしめ》しなりと聞えし云々。三河口太忠は近藤富蔵の島流しよりも前に、八丈島に善政を布《し》いた伊豆御代官の一人であった。すなわち猫の島の猫はかつて政治家の問題にもなって居たので、これにはまた六十年目に一度、地竹の実のなる年ごとに、今なお島人を窘《くる》しめて居る鼠の大群の繁殖ということが、隠れた他の一つの原因として考えられるのである。

やなぎた・くにお（一八七五〜一九六二）民俗学者

わが家のライオン／猫の引っ越し

山崎朋子

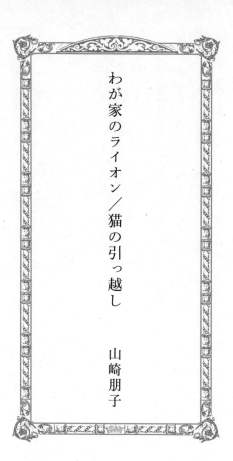

わが家のライオン

わたしは動物好きである。だから結婚して家庭を持つようになってから、いまだかつてわが家に動物がいなかったためしは一度もない。といっても、アパートや間借りや小さな借家暮らしのことだから、格別なものを飼えるわけがなく、小鳥・兎・亀・犬・猫のたぐいである。中でも猫は、大家さんの目を盗んでまで飼い続けてきた。目を盗んだのは何も大家さんだけではなく、共に暮らす夫の目さえちょろまかしたことがある。

それは毛並が烏のように黒いところから、フランス語で〈黒〉を意味する〈ノアール〉にちなんで名づけたわが家のノア嬢が、洋服ダンスの中で五匹の仔猫を生んだ時のことだ。夫は、「一匹だけでも大変なのに、これ以上増えたらかなわない――」と、五匹の仔猫の貰い先をすべて見つけ、今日はブチ猫、明日は三毛猫というように、乳離れするかしないうちによそへ縁付けはじめた。

大人の猫ですら可愛いのに、柔らかい生毛の固まりのような仔猫の可愛らしさといったら、それこそ食べてしまいたいほどだ。わたしは夫に、「全部とは言わないから、ねえ、せめて一匹だけでも家へ残して」と哀願したが、彼の意志は微動だにもしなかった。

こうなればもはや非常手段しかない。わたしは、中で一番愛敬のあるトラ猫を、彼に隠して飼おうと決心をした。夫に見つからない方法をあれこれ考えた結果、その頃流行の太い毛糸で編んだトラ縞のセーター、それもVネックのものを購入。トラ嬢をそのセーターの中に入れ、ときどき衿もとから顔だけ出してやり、食べ物は夫のいない時を見はからって存分に食べさせるという方法を取った。母親のノア嬢の了解をとりつけるのに少し時間がかかったが、「かわいいわが子のためならば」

と考えたのか、それとも「もうそろそろ育児とおさらばして、自由に柿の木に登りたいわ」と思ったのか、これも案外素直に事が運んだのである。

夫は初めのうちこそ、「おかしいな、君がどこかに隠してるんじゃないか」と言って家の中をごそごそ探していたが、遂に発見されず、トラ嬢はわたしのセーターのなかで安泰。そのうち、「どっかへ遊びに行って、行方不明になったんだろう。頓馬《とんま》な仔猫メ！」ということになってしまった。

ところが、一か月ばかりも経ったある日の夕刻、夫とわたしが向き合って話している時、トラ嬢が突然わたしのセーターのVネックから顔を出し、「ニャーッ」とひと声啼いたのである。夫の驚いたことといったら、彼の方もひと声「キャーッ」といないいて、三寸ほどうしろに飛びのいたほどである。母猫と母人のわたしにすがるいたいけな仔猫を、むりやり引き離してボール箱へ入れ、他家への運搬役をやっていた彼は、仔猫の亡霊が現われたと思ったらしかった。

しかし幸いにも、驚いた分だけ物分かりが良くなり、トラ嬢は晴れてわが家の一員となり、あっという間に十年の月日が経ってしまった。幼時に人目を盗んで飼われていたせいか、年取った今となっても、おどおどと落ち付きのない、けれどもいつまでたっても仔猫のような愛らしい顔立ちと動作を失わない猫である。

ところが最近、わたしはテレビで「野生のエルザ」を観るに及んで、「わたしもライオンと友だちになりたい」を連発し、夫と中学三年の娘の失笑を買っている。ライオンの方は、猫のトラ嬢のように簡単に隠し飼いするわけにも行かず、今のところは、トラ嬢に〈わたしのエルザ〉なる名前を進呈する程度で自分を慰めている。

そういえばトラ嬢は、隠すのに精一杯で名前を考える余裕がなく、トラ縞のトラで済まして来てしまった。ここらでトラ嬢を正式に〈エルザ〉と命名するか、いっそ思い切って〈ライオン〉と命名するか、目下思案中である。

猫の引っ越し

結婚以来三度目の引っ越しをした。アパートから間借りへ、間借りから借家へ、そしてまた借家への引っ越しだが、越すたびに本が増えていて苦労する。専門の異なる夫婦二人の蔵書が、合わせるとちょっとした町の図書館くらいあるのだから大変だ。

けれども今度の引っ越しで本の運搬以上に困ったのが、わが家の家族である二匹の猫の転居だった。〈ノア〉と〈トラ〉という二匹の女猫は、血を分けた親子なのに性格が天と地ほども違う。真っ黒な毛並みの烏猫《からすねこ》ノアは、からだつきも心持もゆったりと大きく、少しばかりの変化にもあまり動じない。そのためノアの引っ越しは割合に楽で、古いボストンバッグに彼女を入れて自転車で新居まで運び、三日ばかり家の中に閉じ込めておいたら、はじめのうちこそ不安がって「ニャア、ニャア」啼いていたけれど、やがて何事もなかったように新居に馴染《なじ》んでしまった。

ところが、ノアの長女である虎縞のトラの場合は、〈猫は家に付く〉の論理を頑強に主張して、いっかな人間たちの説得に応じない。幸い、旧居と新居の距離が電車で二駅ほどの近さであったので、夫とわたしが引っ越しの本の整理や原稿書きの仕事の間を縫って、トラの食事を運び、飢えから救うことはできたものの、どのようになだめすかしてバッグや箱に入れようとしても、爪を立てて反抗し、到底わたしたちの手におえそうもなかった。

いかに近いとはいえ、毎日トラの食事を運ぶとなると大変だし、第一、旧居は大家さんの都合で旬日のうちに取りこわされてしまう。夫とわたしはさんざん考え抜いた末、近くの動物病院の先生に頼んでトラに麻酔薬を注射し、彼女を失神状態のまま新居に連れて来ようということになった。

しかし、利巧者のトラは、わたしたちのこの計略をいち早く察知したらしく、持参した弁当だけは用心深く食べてしまうが、わたしたちに尻尾さえも摑《つか》ませない。わたしたちもさすがに疲れ果てて、トラの転居をなかば諦めかけた。トラも遂に〈ドラ〉になってしまうのかしら――などとつぶやいていたのである。そして弁当運びも一日怠ったのだが、翌日やはり気になって夫が旧居へ出向いてみると、トラはちゃんと夫と弁当の来るのを待っていたという。その上、一日放っておかれて心細かったせいか、夫にからだをこすりつけてきたので、夫は家中の戸を厳重に閉め、かねて頼んであった獣医さんに電話をして駆けつけてもらい、ふたりしてトラを取りおさえ、無事に注射完了。注射代に大枚二千円を払い、ボストンバッグにトラを入れて新居まで連れて来た。

こうしてトラの転居は、ようやく第一段階を終えたものの、全身の麻酔が解けてからが大変だった。ふらつく腰で、しかし狂ったように家中を走り回り、少しの隙間でもあれば外へ飛び出そうとする。どこにも抜け道がないと分かると、今度は、ドアの角を爪で引っかいて出口を作ろうとさえした。

虎のようになったトラを落ち着かせるには、トラの一番なついているわたしが、毎晩静かに体を撫でながら抱いて寝てやるよりほかはない。わたしの蒲団のなかに入れてやってもトラはなかなか心を許さず、折あれば出て行こうとしたが、さすがにトラも疲れて来ると、わたしの腕にからだを預けて寝てしまった。それでも、彼女はひと晩中、両足の爪を出し、その爪先をわたしの脇にしっかりと立てているのだから、わたしの腕はトラの爪跡だらけになってしまった。

引っ越しと大宅賞受賞の慌しさの上に、このトラの転居騒ぎが重なって、いま、わたしは半病人のありさまだ。忙しい世の中に、何を酔狂な――と笑われるかもしれない。けれどわたしは人類だけが富み栄えれば良いという考え方には反対で、あらゆる生物の共存して行くのが本当の〈文化〉なのだと本心から思っているからこそ、猫のためにこんな苦労もしたのである。

（やまざき・ともこ〔一九三二～二〇一八〕女性史研究家）

猫にマタタビの誘惑

黒田亮

子供の頃から不思議なことだと思っておりながら、つい調べて見る機会も無くてそのまゝになっていた猫にマタタビの問題を、昨年の夏頃から実地について研究しているが、後にも説くような事情から、目下停頓《ていとん》の姿になっている。識者の教《おしえ》を仰ぎたい考《かんがえ》から、今日までに確め得た点を述べる。

三月一日手にした時事新報に「猫にマタタビ、釣上げた二十六匹、失業者名案の猫釣り、法廷で効能を説く」の標題で、窃盗罪で起訴された記事を見て、実は髀肉《ひ》の嘆《たん》に堪えないものがある。と言うのは、何の理由か私の今勤めて居《い》る京城《ソウル》で、相当の数の猫を買入れて試験して見ても、マタタビに対する猫特有な典型的態度を示すものがほとんど無い所から、研究を進めようにも進められない破目になって居るからである。材料は郷里の越後の山奥から取寄せたマタタビの果実で塩づけにして保存してあるのを使用するのであるが、同一の材料は今家族の住んで居る岐阜の留守宅で優に附近の猫を誘惑するに十分であるのに、この土地では殆《ほと》ど《ん》効果が無いと言っても宜《よ》い。気温や湿度の関係もあるかも知れないが、内地と朝鮮でこれ程違う原因の那辺《なへん》にあるのか今の所見当がつかない。然《しか》し昨年十一月頃当地の動物園へ出かけて、猫と属を同じくする虎山猫へ〳〵うに試験して見た結果、へ〳〵うの雌の一匹が猫に見ると全く同一の動作を示したのを確めた。檻の中が薄暗かったために、折角《せっかく》の写真が全然感光しないので残念だったが、兎《と》に角《かく》猫に限らず少くとも猫と属を同じくする豹《ひょう》に於てこの特異の反応を確認することが出来たのは、私に取ってせめてもの収穫であった。この点からすると、前記の気温とか湿度とかの差異も甚だ疑問となってくる。して見れば猫そのものが内鮮その種類乃至《ないし》体質を異にするのかも知れないということになるが、これは然しありそうもない事柄である。とはいうものゝ、これ以上積極的に何等断定し得る材料がない。

和漢三才図会には木天蓼にキマタタビ、藤天蓼にマタタビの振仮名《ふりがな》が施されてある。藤天蓼の説明の中に「猫常に喜んでこれを食う。もしこの樹を視る時は、則ち根をかき穿《うが》ち、皮を食い、これがために枯る。凡《およ》そ病猫天蓼子を食えば起つ也。人又塩につけてこれを食う」とある。齋田佐藤両氏著内外植物誌にはミヤママタタビとマタタビの二種が挙げられている。植物誌のミヤママタタビが三才図会のキマタタビに該当するものらしい。私の使用しているものは三才図会の藤天蓼、植物誌のマタタビで学名を Actinidia polygama Pl. というものである。西洋でも猫が特に好きだと言われる植物として、ニガグサ Teucrium marum およびカノコソウ Valeriana officinalis の二種が記載されている。猫のこれ等植物に対する動作の説明を読んで見ると、全くマタタビのそれと変りはない。そこで猫にはマタタビだけでなく、他に特別に誘惑される植物のあることは明《あきら》かである。これも昨年報知新聞の記事で承知したことであるが、たしか英国とかでの話に、猫は何が一番好きだろうということが問題になった時、色々議論はあったが、結局最も猫に好かれるものはアスパラガスだということに結着したとある。私は早速試みたけれど——当地で——そう言う所は見えなかった。併《しか》しこれも何か他の原因が反応を阻止したためであるかも知れぬ。

猫は魔性の動物であるとは古くから伝えられているが、その皮が三味線の胴に張られて、魔性の——といっては叱られるかも知れないが——女性によって男性を誘惑するために使用されるのも、何かの因縁めいて神秘的な所があるが、その猫が土台食肉獣であり乍《なが》ら、妙な植物を好く点が私を怪しく引きつける。鼠や魚肉を好むのは余り不思議ではなく、味噌汁や飯を食うのは人間に飼育されて来た結果と見ればなんでもないけれど、マタタビや前記の植物は如何《いか》なる生物学的意味を猫の生活に持っているのであろうか。これを明かにしたいのが、私の関心の主なる重点であった。

前任地新潟での出来事であるが、郷里からマタタビが届けられたので、小形の瓶に入れて台所の押入にいれて置いた。すると押入の戸の隙間から附近に飼ってある猫が入り込み、瓶の中に頭を突込んだが、無理にいれたものらしく、今度は頭をだそうとしても出ない。しきりに押入の中でもがいているので気がつき、戸を開けて見て驚いた。徒然草《つれづれぐさ》にある仁和寺《にんなじ》の童の法師そっくりなので、私は腹をかゝえて笑った。併し仁和寺の法師程の罪が無かったと見えて、鼻も耳も欠けずに引出すことが出来た。兎に角マタタビが田舎から届けられると、ついぞ姿を見かけない附近の猫が入り換り立ち換りやって来る。指でつまんで鼻へ持って行けばマタタビ独特の臭はするが、少し離れると余程《よほど》鼻の鋭敏なものでももう感じない。その点で遠くまで香る梅の花とかニンニクとか林檎《りんご》などとは余程性質が違っているにも拘《かかわ》らず、猫には随分遠方からでも判るものと見える。

前に猫に特有な典型的動作といったが、それはどう言うことを指すのかというと、先ず猫にマタタビの実を与えるとすると、直ぐ食べるような事は滅多に無い。マタタビに近づいて鼻でかぐ。それから鼻先、両頰、頭部更に全身をこすりつける。その様子を見ると、如何にも感に堪えないような風情である。人間でいったら先ず恍惚とかエクスタシーとかの言葉で形容すべきものかも知れぬ。私はこれを見る毎《ごと》に、唯《ただ》何となしに唐詩選の五言絶句にある「相逢うて愁《しゆう》苦を問えば、涙は盡《ことごと》く日南《にちなん》の珠」の文句を思い起す。唐詩選は子供の時読んだので前の二句が何であったか今記憶にないし、詩全体がどういう趣意を歌ったものだったか判明しないから、今の猫の場合にあてはまるかどうか疑問であるけれど、不思議にいつも此の文句が連想される程、兎に角私には解きにくい謎のしぐさである。かゝる動作をくり返した後、結局は食べて仕舞う。味からいうと我我人間には淡い苦味が感じられ、これにマタタビ特有な香気が手伝って、ちょっと乙《おつ》な風味がある。がとても猫の如きに好かれる味だとは思われない。マタタビが眼の前に無い場合、例えば戸棚の中にでもある時は、戸だなに近づいて身体をこすりつけることがよくある。

マタタビが猫をひきつける理由として先ず考えられるのは、その香の猫に対して持つ性欲的意味である。この点については奉天《ほうてん》の満州医科大学久野教授からいろ〱有益な示唆を受けたのであるが、もしそうだとすると猫の発情期と密接な関係が無ければならぬ。しかし私のこれまで観察した所によると、猫のマタタビに対する誘惑は発情期とは無関係のように思われる。唯これは実験的に証明されたことではないのであるから、この問題を確めるため、昨年夏休に岐阜において生れて三日目の子猫を二匹貰い受け、牛乳で育てゝ試験に供する目的であったが、不幸にして二匹共十数日にして死んで仕舞った。その後京城で子猫を試みたけれど何等反応が無い。然し親猫の多くが矢張《やは》り反応の無いことは前述の通りであるから、この事実は何物をも私に教えて呉《く》れない。

京城で調べた猫のうち、雌の一匹だけは他に比してやゝ試験に供し得る程度のものであったから、医学部の大澤教授の手を煩して、この猫の卵巣を除去して、其の前後に於ける変化を目下調べて居る。卵巣てき出後は例の典型的動作を示すことが無くなったことは事実なるも、実験例一例では甚だ心細い上、手術前とて内地に於いて又動物園の豹に於いて見たる如き歴然たる反応を其都度示してくれた訳では無かったので、これだけの材料から有力な手がかりを引出すことは出来ない。唯近い内に試みようと思っている卵巣ホルモン剤の注射によって、再び元の反応を現すようになったら面白いことゝ考えている。

尚猫の動作をスクリーンのかげにて動物に気づかれないように観察したり、マタタビの臭いの与えられる時の呼吸曲線上の変化の有無を調べたり、最近に於いては、生理学教室の中西教授の好意により、猫の大脳の一部を除去した後、マタタビの臭いを刺激として鼻に作用させる時、血圧その他に何等《なんら》かの変化が現われはしないかを調べたけれど、殆ど何の得る所も無かった。もっとも動物そのものが常態において既に実験には適当なものでないから、この種の材料から何物かを求めようとするのが無理かも知れぬ。唯典型的な反応の現われないのは、何か之《これ》を抑制する因子があってのことかもわからないので、これが若《も》し大脳の高級中枢に作用則《すなわ》ちある特殊の精神的機転に原因するものであると仮定すれば、この中枢の除去によって刺激に対応する何等かの変化が起りはしないかとの予想の下に前記の手術が施されたのであるが、その結果は今言った通りである。

こうした関係から、今の処では何よりも如何にして用に立つ猫を得べきかゞ先決問題である。昨年夏休を終えて京城に帰任する時も、適当な試験動物を内地で仕入れて連れて来たいと思ったけれど、色々の都合で実現されず、こちらで買い入れた猫は殆ど言うことを聞いて呉れないので、徒《いたずら》に傍観の外はないと言う現状である。そこで「失業者名案の猫釣り」の容易に行われる内地のことを考えて、敢えて窃盗罪を奨励する意味でなく、被告が検事の前で、「全くよく利きます」と吹いていたという記事をうらやましく眺めたのである。

（附記）右は東京朝日新聞の学会余談欄に五回に亘《わた》って連載されたものである。此《こ》の記事が出ると、猫に興味を持たれて居る数氏から直接又は新聞社気付で筆者にいろ〳〵注意して下されたことを感謝する。尚《なお》それをわざ〳〵筆者迄転送の労を執られ、且つ此の随筆集に此の記事を転載することを許して戴いた東京朝日新聞社に御礼を申上げる。筆者に直接この事に関して御教示を賜わった方以外に、筆者と一面識もないのにわざ〳〵お心づきの点を新聞社気付で申越された方々は、群馬県の医師金井政夫氏、山形県の井上修吉氏、東京市外吉祥寺の秋山氏、足利市の一愛読女氏、東京市下谷の医師行山辰四郎氏等である。

金井医師の御経験によると、お宅の猫が薬局でしきりに何かがさ〳〵させているので行って見ると、薬屋の小僧の届けた許《ばか》りのゲンチアナ末の一磅《ポンド》入の袋に武者振りついて、あたりは一面粉だらけになっていた。よく見ると矢張り粉末をなめて居て、口のまわり粉だらけであった。マタタビ末を舐めて見ると苦いし、ゲンチアナ末も之と同様な味がするので猫が好くものではないかと思っていたとのことである。これは私の文中にある西洋で猫が好くと言われるニガグサを連想させる観察であって、興味があると思う。

次に井上氏は斯《こ》う言うことを報告して下された。同氏の郷里ではマタタビと発音せずにマッタビ Mattabi と言っている。同地方の山奥に中津川と言う村があり、附近の山にはこの木が沢山に産する。村人達は此のマッタビの枝でざるを編んで内職にしている。所が猫がそのマッタビざるを感知すると、むら〳〵と走り寄って私の文にもある通り恍惚然とざるに身体を擦るようにして戯れる。「猫はマッタビの実だけでなしに枝や幹までにも猫族的美意識を感ずるらしい」と言うのが同氏の結論である。

秋山氏も金井氏と同様なことを注意して下された。曰《いわ》く「猫がセンブリを喜んでなめる事を慥《たしか》に記憶致し候《そうろう》。西洋の『ニガグサ』云々《うんぬん》にて思い出し候。センブリは甚《はなはだ》にがき事は人皆知る処に有之《これあり》候。」

振《ふる》っているのは足利市の一愛読女氏からの端書《はがき》である。全文を茲《ここ》に採録すると、

「学界余談ねこにマタタビの誘惑、私は猫好き故拝読致して居りました。いろ〳〵御研究のうちに、いずれもさほど効果のあらわれなかった事を承り、残念に存じます。私などお話し申上げる程の事を持ち合せませんが、たゞ一つ経験上、マタタビを喜び、マタタビに対し身をこすりつけて大さわぎ致します猫は、皆と言ってよい程、いわゆるおとなになった猫でありました。大きくなっても、童貞の猫はマタタビに対し一向平気にて、病気の時になめさせてやろうとしてもふりむきも致しませんが、交尾期の猫などは大喜びにてマタタビの上にひっくりかえって、身体中へつけます。今度御実験遊ばします時は、一度異性を知った猫で遊ばしませ。」

ちょっとお待ち下さい。人間でも童貞は無論のこと、処女か否かの判別すら確

実の処はわからないことがあるそうですが、猫が異性を知ってるか否かの断定は、現場を見れば兎に角、これは中々むずかしいと思われます。併し私も実は御説の如き疑問を持ったことは一再に止らず、此の点を確めようとしたことも本文中に書いてあります。機会があったら御注意を参考として、此の方面を尚能《よ》く調べて見たいと考えています。

行山氏からは唐詩選にある詩の私の忘れた上二句を知らせて貰った。題は見京兆違参軍量移東陽、李白

潮水還帰海流人却到呉相逢問愁苦涙盡日南珠

尚他にいろ〳〵の問題につき御意見を聞かせて戴いたが、長くなるから茲には省略する。

筆者の友人では故人濱中君が、矢張り私共の同窓である土屋文明君からの伝言であるからとて、

「……その折土屋君の申すことには、貴兄の研究結果はマタタビを塩漬にしたものを用いられたからであって、若し普通のマタタビをソバカキのように水(?)でゆがいて与えたら効果は更に著しい。『僕はすぐそういってやろうと思ったが、

面倒だからそのまゝにしておいた。君そこらの薬屋でマタタビを三銭も買って送って僕のいったことを伝えて呉れ』とのことでした。三銭が惜しいわけではありませんが、品質を選ばないなら、京城にもあることだろうと考えまして、現物はお送りしません。只《ただ》土屋君の所説だけをお伝えします」と言って来た。

マタタビの乾燥したもの及び粉末は私も岐阜で買い試して見たが、土屋君の言う所を頭から信ずることも出来ないようで、私の経験では、猫の集まる点から言うと、乾燥した果実や粉末よりも、たとえ塩漬であっても、採集してあまり時日を経過しないもの丶方が却って効果があるようだ。

が、この伝言を伝えてくれた濱中君はもう居ないと思うと淋しい気がする。

このような皆様の鞭撻《べんたつ》あるにも拘らず、その後何かとほかの事に追われて、思い乍らそのままになって早くも二年余り過ぎようとしている。慚愧《ざんき》に堪えない。しかしいつか御厚意に酬《むく》える日もあるだろうと考えている。

くろだ・りょう（一八九〇〜一九四七）心理学者・動物心理学者

銀の猫

島津久基

陸奥押領使藤原泰衡《おうりょうしふじわらのやすひら》が、父秀衡《ひでひら》の遺命に背いて義経《よしつね》主従を衣川の館に討滅した勧賞《かんしょう》の予期は脆《もろ》くも砕かれ、却《かえ》って頼朝の奥州征伐となり、藤氏の豪華一睡の夢と消え「国破れて山河あり」と元禄の俳聖をして低徊《ていかい》去る能《あた》はざらしめた事を知らぬ者はあるまい。吾妻鏡《あづまかがみ》文治《ぶんじ》五年八月二十一日戊申《ぼしん》の條《じょう》に

泰衡平泉館を過ぎ、猶《なお》逃亡す。縡《こと》急にして自宅の門前を融《とお》ると雖《いえど》も、暫時も逗留する能わず。纔《わずか》に郎従許りを件の館内に遺し、高屋宝蔵等に火を縦《はな》つ。倹は杏梁桂柱《きょうりょうけいちゅう》の構、三代の旧跡を失い、麗金昆玉《れいこんこんぎょく》の貯、一時の薪灰《しんかい》となる。倹は存し奢《おごり》は失す。誠に以て慎む可き者哉。（原書漢文体）

とみえている。又その翌日の條には

二十二日己酉《きゆう》。甚雨。申剋《さるのこく》、泰衡の平泉館に着御。主は已に逐電《ちくでん》し、家は又烟《けむり》と化し、数町の縁辺は寂寞として人無し。累跡の郭内彌《いよいよ》滅して地のみ有り、只颯々《そうそう》たる秋風幕に入るの響を送ると雖も、蕭々《しょうしょう》たる衣雨窓を打つの声を聞かず。但し坤《ひつじさる》の角《すみ》に当って一宇の倉廩《そうりん》有り、餘焔《よえん》の難を遁《のが》る。

とあり、惨憺《さんたん》たる状目に見る様である。頼朝は葛西三郎清重・小栗十郎重成を遣して検分させると、さすがに栄燿《えいよう》を極めた鎮守府将軍の起臥した館の調度とて、珍器奇什《じゆう》山をなしていた。

沈・紫檀以下の唐木の厨子《ずし》数脚これ在り。其内に納むる所は、牛玉《ごおう》・犀角《さいかく》・象牙の笛、水牛の角、紺瑠璃等の笏《しやく》、金沓《かなぐつ》・玉幡《ぎよくばん》・金の華鬘《けまん》玉を以て、之を飾る蜀江の錦の直垂《ひたたれ》、縫わざる帷《かたびら》、金造の鶴、銀造の猫、瑠璃の燈炉《とうろ》、南廷《なんてい》百各金器に盛る等也。其外錦繍綾羅《きんしゆうりようら》、愚筆計《かぞ》え記す可からざる者歟《か》。

とは同書の記す所である。象牙笛や帷は清重が、玉幡や金華鬘は重成がそれぞれ拝領した由が載せてあるが、右の諸什宝《じゆうほう》の中で異様に私の興味を惹くのは「銀造猫」の一語である。

銀の猫といえば、誰しも直に連想し来るのは西行の逸話であろう。そしてこの事実も亦《また》吾妻鏡文治二年八月の條に明記してある。

十五日己丑《きちゆう》。二品《にほん》（頼朝）鶴岡宮に御参詣、而《しか》るに老僧一人鳥居の辺に徘徊す。之を怪しみ、景季（梶原）を以て名字を問わしめ給うの処、佐藤兵衛尉憲清《ひようえのじようのりきよ》法師也。今西行と号すと云々。仍《よ》って奉幣以後、心静に謁見を遂げ、和歌の事を談ず可《べ》きの由仰せ遣さる。西行承るの由を申さしむ。（中略）早速に還御、則ち営中に招引して御芳談に及ぶ。（下略）

十六日庚寅《こういん》。午剋《うまのこく》。西行上人退出す。頻《しき》りに抑留すと雖《いえど》も、敢《あえ》て之に拘らず。二品　銀作《しろがねづくり》の猫を以て贈物に充てらる。上人之を拝領しながら、門外に於て放遊の嬰児に与うと云々。

秋成の短篇「月の前」（藤簍冊子《つゞらぶみ》）は大東世語《だいとうせいご》の記述に準拠したものであるが、内容は即ち右の事実を取扱ったものである。

さてこの二つの記事であるが、「銀作猫」が両者を結び付けているような感じがして仕方がない。若《も》しか年代が逆であったら、かの西行に与えた銀の猫は頼朝が奥州から分捕ってきて珍重していた座右の記念品、という想像も可能になって一寸《ちよつと》面白いのであるが、これは生憎《あいにく》年次が許してくれない。では嬰児に投げ与えた品物が転々して奥平泉館の飾となったとしてはあまり童話すぎる。然し又偶然の二事実と片付けてしまうのは少しあっけなさすぎるのみか、そこに空想の余地すら介在させるに足る面白い因縁まであるのが妙である。

かの日、惜しげもなく銀猫を路傍の小児に与えて去った歌頭陀《かずだ》の足は、その漂浪の旅を何処へ向けて歩みつづけたであろう。月を友として風に嘯《うそぶ》き雲水に身をまかせるのは素より彼の願い、歌に遊び詩情を養うは即ち彼の日々の仕事ではあった。むらさき艶《にお》う武蔵野の原を後に北へと志す旅人西行の魂は、塩釜の朝景色、象潟の蜑《あま》が笘屋《とまや》へとすでに飛んではいた。けれども今度の行脚は唯風流一点張りではなかった。別に大切な意味を持っていたのであった。

是れ重源《ちょうげん》上人の約諾《やくだく》を請《う》け、東大寺料として沙金《さきん》を勧進《かんじん》せんが為、奥州に赴く。

此便路を以て、鶴岡に巡礼すと云々。

即ち彼の使命は、安宅関で「夫《そ》れ熟々惟《つらつらおもい》みれば」と読み上げた弁慶のそれと同じであったのである。否、弁慶の方は当座遁れの仮面であったろうがこれは真実のお勤めであったのである。その途上図らず頼朝と邂逅《かいこう》したのであった。そして奥州へ赴いて誰を大施主に仰ぐつもりであったかは説くまでもない。而も西上人俗姓は佐藤氏ではなかったか。

陸奥守秀衡入道は上人の一族也。

と吾妻鏡はわざ〳〵註解を加えている。

まさかに悪童共にくれたと見せかけて、沙金と共に笈《きゆう》に忍ばせて、将軍秘蔵の銀の猫を奥への土産にしたとまでこじつけて見ようとは思わぬ。上人の恬淡《てんたん》さが消滅するのが問題だからと言うのではない。奥州三代の主の豪奢ぶりの名誉に関しよう。況《いわ》んや金鶴の置物なぞは平安貴族の歌合《うたあわせ》の記事等にはよく出ている装飾品である。奥州の京都に金鶴・銀猫があったとて何の不思議があろう。五月雨の降りのこす金色堂は即ち宇治平等院鳳凰堂の模写ではないか。

唯こういう事だけは言える。銀作猫の置物が、上流時人に愛重せられた事はこの二つの記事でも明らかであるという事がその一つ。そして又、一度銀猫を失って復《また》再び銀猫を手に入れる事が出来たという奇しきめぐり合せに驚いた頼朝の胸に、かの三年前の同じ月、鶴岡の社頭に立った一貧僧の姿と、その夜の営中の歓談とがなつかしくよみがえったであろうという事がその二つ。

しまづ・ひさもと（一八九一～一九四九）国文学者

解説

角田光代（作家）

猫と暮らして十年になるが、この猫は私にとってはじめて飼う猫なので、私は未《いま》だに猫初心者だ。本書『猫は神さまの贈り物』を読んで、いかに初心者であるかを実感した。

猫ははるか昔から、人間たちといっしょに暮らしてきた。猫初心者としても、そのことは知っている。エジプトを旅したときに、古来エジプトでは猫は神さまとされていたと教わったし、猫の壁画も見た、どこでも売られている猫の置物も買った。このあいだまで現代語訳をやっていた源氏物語にも、飼い猫が登場し、物語の進行に一役買っていた。猫と人間の歴史は古い。

本書に収められている猫にまつわる文章は比較的、昔のものが多い。谷崎潤一郎、奥野信太郎、木村荘八、寺田寅彦、豊島与志雄、夏目漱石と、慶応生まれ、明治生まれの作家の名が並び、本書のなかでは、白石冬美、熊井明子が、比較的最近のエッセイとなる。

私が猫初心者を実感させられたのは、やはり、猫と人との関係性の、時代における変化によってだ。昔の猫はもっとこんなに猫っぽかったのか、と思うのである。猫っぽかった、というのはつまり、けものっぽいというか、家畜っぽいというか。

それぞれの時代において、それなりにだいじにされていたのだろうけれど、やはり、猫が唸《うな》っているのに様子を見にいかない漱石先生家族や、猫がたくさんいるからといって大佛家に猫を捨てていく人の話や、引っ越しをするのに猫に全身麻酔をかける山崎家、中村家に迷いこんで保健所に引き取られていく猫（帰ってはくるけれど）の話を読むと、猫は「そうされて当然の生きもの」だったのだなと思うのだ。

さらに本書では比較的最近だと先に記したエッセイのなかでも、あちこちたらいまわしになる猫が出てきて、その前時代的な感じに、やっぱり猫初心者の私は驚いてしまう。

そういえば、熊井明子氏の『私の猫がいない日々』を、私は高校時代に読み、とてもおもしろかったので友人に貸した。この友人は長年猫を飼っていたのだが、「かなしくて読めない」と言って本を返してきた。そのときはなんだかよくわからなかったのだが、今、私も猫飼いとなり、本書に抜粋されたエッセイを読んでみると、ニャンのことがかなしくて胸が引き裂かれる思いだ。もう三十年近くも前の友人の言葉が、今になって理解できる。

今でこそ、猫の完全室内飼育が奨励されているけれど、比較的最近になるまで、猫は自由に家と外をいききしているのがふつうだったし、未だに地方によっては外飼いの猫も多いだろう。どちらが猫にとってしあわせなのか、いろんな考えがあり思想があり主張があって、また、猫の性格にもよるところがあるから、正解は私にはわからない。とりあえず、今、猫を飼うからには、いろんな考えのなかから、「私はこれを信じる」と決めて実行するしかない。

けれども、外を自由に歩く猫が車や電車にひかれたり、外でけんかをして野良猫に耳をちぎられたり、外で虫を捕って食べ過ぎて重い病気になったという本書のエピソードを読むと、昔は、よく言えばおおらか、悪く言えば粗暴な時代だったなあと思ってしまう。もちろん当時の猫のごはんは猫まんまや人間のごはんの残りものだったろう。今のように、腎臓にいい猫缶だとか、おなかに毛玉がたまりにくいカリカリなんてあるはずがない。人間の食べものの塩気が猫の体によくないなどという説もなかったろう。歯石がつくからできるかぎり歯磨きをするように、などと獣医さんから言われることもなかったろう。

　昭和から平成へ、さらに令和へとときが流れ、猫もほかの動物たちも、かつてよりはていねいな扱いを受けることになった。食生活も医療も進歩している。また、保護猫を受け入れる資格も、今はこまかくチェックされる。一度家族として迎え入れた猫を、飼い手の事情でほかの人に委ねたりしない、という前提の条件がいくつかある。進歩があるからこそ猫の寿命も延びた。自分を猫だと思わない猫もきっと増えていると思う。

　ではここに登場するあまたの猫たちが、現代の安穏とした猫たちにくらべて、不幸だったかといえば、そうではないと私は思う。それぞれの飼い主に愛されて、おおらかに粗暴に、自由に本能のままに生きて、それはそれでしあわせだったはずだ。いや、そもそも猫にはしあわせだとか不幸だとかいった概念がない。他者と比べるなんてこともない。猫は、ただあたえられた猫生をきっちりと生ききるだけだ。自分以外の存在にも、自分の狭量な尺度をあてはめて、しあわせだ不幸だと決めつけようとするのが私たち人間の癖だし性《さが》なのだと、本書を読んでいて実感させられた。猫の変化を気にもとめなかった漱石家の奥方と子どもたちが、猫の死後、それまでの冷淡さとは裏腹に墓を作り、命日に供物をささげるのは、気の毒な最期にしてしまったという自責の念からだと推測する。たしかに読んでいて、唸る猫は本当にかわいそうなのだが、でも、猫はきっと自分を気の毒だとは思っていないし、心配してくれない夏目家の人々を恨んでもいないだろうと思う。猫に感情がないからではない、猫は自身の身に起きるすべてを、おおらかに粗暴に受け止めるからだ。

猫は安心すると喉を鳴らす。具合が悪くても鳴らす場合もあるらしいが、多くの場合、飼い主に抱っこされたり撫《な》でられたりすると、ごろごろごろと音を出す。このごろごろ音の仕組みは、はっきりとは解明されていないらしい。血管に血が流れる音だという血流説や、喉の筋肉を振動させる音という喉頭説などがあるらしいが、解明には至っていない、とインターネットで読んだ。

人間は、こんなにも長いあいだ猫と暮らしながら、猫について研究し、学び続け、それでもまだ、未知のことが残されているのだと、猫初心者の私は感銘を受け、そして猫に深遠さを覚える。

たとえば心理学者でもあり動物心理学者でもあった、黒田亮による「猫にマタタビの誘惑」では、そんな研究の一端に触れることができる。黒田氏の連載が新聞に載るや、いろんな人から「うちの場合は」「私が知るところは」と報告がきたという話もおもしろい。大人になっても異性を知らない猫はマタタビに反応しないという女性からの葉書、それに対する黒田氏の見解には笑ってしまった。猫とマタタビの関係性も、このときよりはよほど明らかになっているはずだ。

さらに、寺田寅彦が「前足で足踏み」と表現する猫の仕草への考察をしていて、その空想のぶっ飛びかたにびっくりしたのだが、この時代には、猫の「ふみふみ」なんて言葉はなかったのだと、当たり前のことに気づく。猫の前足の足踏み、通称「ふみふみ」は親猫のおっぱいをそうして出していた名残《なごり》、つまりは甘えるときの仕草として、猫飼いだれもにとってなじみ深い行為である。この「ふみふみ」も、寺田寅彦の時代から今に至るまでのいつか、だれかが猫を観察し研究し、おそらく正解とされる答えを導き出し、そしてやっぱりだれかがそれを「ふみふみ」と名づけ、こうして広く一般に広がったのだろう。猫のごろごろ音についても、きっとあと五十年後には正解に近い見解が広く知られ、「猫のごろごろ音を、血管の音だとか喉頭の振動だとか言っていた時代があるなんて！」と、猫をはじめて飼った人でも、驚いているかもしれない。

しかしそんな未知の領域を持った猫だからこそ、怪談寄りの伝説が多い存在なのかもしれない。柳田國男の「猫の島」が蒐集《しゅうしゅう》する猫伝説、猫怪談、猫奇譚《きたん》も、少しばかり微笑《ほほえ》ましいが、やっぱりどこか薄気味悪く、怪奇めいている。犬と猫の違いを柳田氏も述べているが、これが犬伝説ならば、もう少し情味があろうし美談に寄るだろう。

それについては豊島与志雄が「猫性」でも触れている。豊島氏曰《いわ》く、「猫に関する怪談は、道徳美の埒外に、あるものが多く」「独自の発展をなして、精神的な怪異力を発揮する」。そして「それに似た怪異力が、すぐれた芸術の中に含まれている」とも書く。「猫や芸術の怪談は悉く、馴致されないものの上に成立つ」、それを読んで、そうだそうだと深く納得する。謎多き猫は、存在もフォルムも怪奇的でもあるが芸術的であり、だからこそ古今東西、多くの芸術家に愛されてきたのだと、単純に思ってしまう。

猫エッセイのアンソロジーは多く存在するが、本書がそれらとは異なっている点は、心あたたまる猫話が極端に少ないところだ。読み終えて印象に残るのは、猫の唯一無二さというよりも、猫全体の謎や怪奇や不思議さであり、「群れない、わがまま、自由」という猫の従来通りのイメージだ。ここに描かれる猫たちは、家族の一員というよりは、やはり人間に飼われている生きものである。白石冬美「桃代の空」のラストに、感激して涙ぐむ人もいるのかもしれないけれど、私はただひたすらにせつなくやりきれなくて涙ぐみ、人間の都合をすべて許容する猫の寛容と、超人的な猫の能力におののくばかりだ。

それぞれの時代ごとに、苦しんでも放っておかれたり、バスケットに入れられて捨てられたり、電車にひかれたり、へんなものを食べて病気になったり、保健所に連れていかれたり（帰ってくるけれど）、慣れない環境に放りこまれたりする多くの猫たちがいる。今はそのころに比べて、猫の扱いが人間に近くなったとはいえ、のちのちの世界から見てみたら、「猫を家から出さなかった時代があるなんて、猫がかわいそう！」ということになるのかもしれず、「長生きさせようとするなんて猫にとって気の毒だ」という価値観になるのかもしれない。いずれにしても、猫は不幸ではない。いかように時代が変わろうと、人間の、猫に対する価値観が変わろうと、猫の寿命が変わろうと、愛されて生きていれば、すべての猫はその猫性を深く納得して受容するのだと信じたい。

〔初出・出典一覧〕

猫と犬＊谷崎潤一郎	「週刊公論」一九六一年三月〜七月　中央公論社刊『谷崎潤一郎全集第十八巻』所収
猫——マイペット	「大阪毎日新聞」一九三〇年一月　中央公論社刊『谷崎潤一郎全集第二十三巻』所収
猫養記＊奥野信太郎	三月書房刊『町恋ひの記』所収
我猫記　＊木村荘八	「春陽会帖」一九五二年四月号　東峰書房刊『続現代風俗帖』所収
私の猫達	「毎日グラフ」一九五二年五月号
お通夜の猫	「西日本新聞」一九五八年十一月
舞踊＊寺田寅彦	「思想」一九二七年九月
山寺の猫＊大佛次郎	「神奈川新聞」一九六六年一月　六興出版刊『猫のいる日々』所収
ここに人あり	「神奈川新聞」一九六二年二月
桃代の空＊白石冬美	作品社刊『猫性語録』所収
猫性＊豊島与志雄	話の特集刊『十二人の猫たち』所収
モテる系統のネコ＊吉行淳之介	「日本経済新聞」一九五八年春　白凰社刊『わたくし論』所収
家なき猫たち＊長部日出雄	「太陽」一九七五年四月号　津軽書房刊『いつか見た夢』所収
私の猫がいない日々＊熊井明子	東京白川書院刊『私の猫がいない日々』所収
猫の墓＊夏目漱石	「朝日新聞」一九〇九年一月　岩波書店刊『漱石全集第十六巻小品上』所収
私の動物記・猫＊中村眞一郎	一九六八年三月発表　冬樹社刊『氷花の詩』所収
猫の災難	一九六五年発表　冬樹社刊『聖者と怪物』所収
猫の島＊柳田國男	中央公論社刊『猫』所収
わが家のライオン＊山崎朋子	「流行通信」一九七五年四月号　筑摩書房刊『随筆胸から胸へ』所収
猫の引っ越し	「家庭医学」一九七三年七月号
猫にマタタビの誘惑＊黒田亮	三省堂刊『痩松園随筆』所収
銀の猫＊島津久基	河出書房刊『歡喜咲』所収

単行本　二〇一四年四月有楽出版社刊

実業之日本社文庫　最新刊

赤川次郎
忘れられた花嫁

結婚式直前に花嫁が失踪。控室では、その花嫁が着るはずだったウエディングドレスを着て見知らぬ女性が死んでいた!? 事件の真相に女子大生の明子が迫る！

あ 1 20

天野千尋
ミセス・ノイズィ

「騒音」をめぐって隣人同士の対立が激化、SNSで炎上する様をコミカルかつシニカルに描き、各界著名人が絶賛する話題の映画を、監督自らノベライズ！

あ 25 1

風野真知雄
葛飾北斎殺人事件　歴史探偵・月村弘平の事件簿

天才絵師・葛飾北斎ゆかりの場所で相次いで死体が発見された。名画が謎を呼ぶ連続殺人の真相は!? ご先祖が八丁堀同心の歴史探偵・月村弘平が解き明かす！

か 1 9

近衛龍春
奥州戦国に相馬《そうま》奔《はし》る

政宗にも、家康にも、大津波にも負けない！ 戦国時代を駆け抜け、故郷を再び立ち直らせた、みちのくの名門・相馬家の不屈の戦いを描く歴史巨編！

こ 6 1

渋沢秀雄
父 渋沢栄一

江戸から昭和へと四つの時代を駆け抜けた経済人、渋沢栄一。息子の視点から描かれる彼の素顔とは？ 多くの功績を残した栄一の生涯を俯瞰する、随一の伝記。

し 7 1

鳴海 章
相勤者　浅草機動捜査隊

東京下町にある老舗暴力団の若き三代目は老人介護ビジネスに参入していたが、そこには裏の目的が!? ベテラン刑事・辰見が立ち向かう事件とは!?

な 2 12

実業之日本社文庫　最新刊

馳 星周
神《カムイ》の涙
アイヌの木彫り作家と孫娘の家に、若い男が訪ねてきた。男には明かせない過去があった。著者が故郷・北海道を舞台に描いた感涙の新家族小説！（解説・唯川恵）
は101

葉月奏太
癒しの湯　若女将のおもてなし
雪深い山中で車が動かなくなったとき、助けてくれたのは美しい若女将。男湯に彼女が現れ……。心と身体が蕩ける極上の宿へようこそ。ほっこり官能の傑作！
は610

前田司郎
園児の血
孤高の幼稚園児タカシは、仲間と共に園内の権力者クラトに闘いを挑む……！　鬼才・前田司郎による、恐るべき子供の世界を描いた2編。（解説・森山直太朗）
ま41

南 英男
警視庁極秘指令
柔肌を狩る連続猟奇殺人の真相を暴け！　初動捜査で解決できない難事件に四人の異端児刑事が集結。極秘捜査班の奮闘を描くハードサスペンス、出動！
み717

谷崎潤一郎、吉行淳之介ほか
猫は神さまの贈り物〈エッセイ編〉
猫との日常には、いつも新たな発見がある。文豪たちが描く、ほほえましく、時に笑ってしまうような猫の生態を味わうエッセイ集。（解説・角田光代）
ん92

実業之日本社文庫　好評既刊

相澤りょう
ねこあつめの家
スランプに落ちた作家・佐久本勝は、小さな町の一軒家で新たな生活を始めるが、一匹の三毛猫が現れて……人気アプリから生まれた癒しのドラマ。映画化。
あ141

恩田 陸
いのちのパレード
不思議な話、奇妙な話、怖い話が好きな貴方に――クレイジーで壮大なイマジネーションが跋扈する恩田マジック15編。（解説・杉江松恋）
お11

川端康成
乙女の港　少女の友コレクション
少女小説の原点といえる名作がついに文庫化！『少女の友』昭和12年連載当時の、中原淳一による挿し絵も全点収録。（解説・瀬戸内寂聴／内田静枝）
か21

伽古屋圭市
からくり探偵・百栗柿三郎
「よろず探偵承り」珍妙な看板を掲げる発明家・柿三郎が、不思議な発明品で事件を解明!?〝大正モダン〟な本格ミステリー。（解説・香山二三郎）
か41

伽古屋圭市
からくり探偵・百栗柿三郎　櫻の中の記憶
大正時代を舞台に、発明家探偵が難〈怪〉事件に挑む。密室、暗号……本格ミステリーファン感嘆のシリーズ第2弾！（解説・千街晶之）
か42

実業之日本社文庫　好評既刊

近藤史恵
モップの精は深夜に現れる
おしゃれでキュートな清掃人探偵・キリコが、日常の謎をクリーンに解決する人気シリーズ第2弾！　オフィスのゴミの量に謎解きの鍵が!?（解説／大矢博子）
こ３５

近藤史恵
モップの精は旅に出る
〈清掃人探偵・キリコ〉シリーズ最新刊初文庫化！　事件も悩みもクリーンに解決するキュートなキリコが、目的地も告げず旅に出た……!?（解説・藤田香織）
こ３６

小手鞠るい
ありえない恋
親友の父親、亡き恋人、まだ見ぬ恋愛小説家、友達の弟……ありえない相手に恋する男女が織りなす、６つの奇跡の恋物語。文庫特別編つき。

こ４１

朱川湊人
遊星小説
怪獣、ＵＦＯ、幽霊話にしゃべるぬいぐるみ、懐かしき「あの日」を思い出す……。短編の名手が贈る、傑作「超」ショートストーリー集。（解説・小路幸也）
し３１

田牧大和
かっぱ先生ないしょ話　お江戸手習塾控帳
河童に関する逸話を持つ浅草・曹源寺。江戸文政期、寺に隣接した診療所兼手習塾「かっぱ塾」をめぐるちょっと訳ありな出来事を描いた名手の書下ろし長編！

た９２

実業之日本社文庫　好評既刊

千早 茜
桜の首飾り
あの人と一緒に桜が見たい――気鋭作家が贈る、桜の季節に人と人の心が繋がる一瞬を鮮やかに切り取った、感動の短編集。（解説・藤田宜永）
ち21

中山七里
嗤う淑女
稀代の悪女、蒲生美智留。類まれな頭脳と美貌で出会う人間すべてを操り、狂わせる――。徹夜確実、怒濤のどんでん返しミステリー！（解説・松田洋子）
な51

名取佐和子
逃がし屋トナカイ
主婦もヤクザもアイドルも、誰でも逃げたい時がある――。「ワケアリ」の方、ぜひご依頼を。注目の気鋭が放つ不器用バディ×ほろ苦ハードボイルド小説！
な61

西澤保彦
笑う怪獣
ナンパが趣味の青年三人組が遭遇した怪獣、宇宙人、人造人間……。設定はハチャメチャ、推理は本格！　面白すぎるSFコメディミステリー。（解説・宇田川拓也）
に25

西澤保彦
小説家 森奈津子の華麗なる事件簿
〝不思議〟に満ちた数々の事件を、美人作家が優雅に解く！　読めば誰もが過激でエレガントな彼女に夢中になる、笑撃の傑作ミステリー。
に26

実業之日本社文庫　好評既刊

実業之日本社文庫　好評既刊

白銀ジャック
東野圭吾
ゲレンデの下に爆弾が埋まっている——圧倒的な疾走感で読者を翻弄する、痛快サスペンス！　発売直後に100万部突破の、いきなり文庫化作品。
ひ11

疾風ロンド
東野圭吾
生物兵器を雪山に埋めた犯人からの手がかりは、スキー場らしき場所で撮られたテディベアの写真のみ。ラスト1頁まで気が抜けない娯楽快作、文庫書き下ろし！
ひ12

雪煙チェイス
東野圭吾
殺人の容疑をかけられた青年が、アリバイを証明できる唯一の人物——謎の美人スノーボーダーを追う。どんでん返し連続の痛快ノンストップ・ミステリー！
ひ13

恋のゴンドラ
東野圭吾
広太は合コンで知り合った桃美とスノボ旅行へ。ところがゴンドラに同乗してきたのは、同棲中の婚約者だった！　真冬のゲレンデを舞台に起きる愛憎劇！
ひ14

放課後はミステリーとともに
東川篤哉
鯉ケ窪学園の放課後は謎の事件でいっぱい。探偵部副部長・霧ケ峰涼のギャグは冴えるが推理は五里霧中。果たして謎を解くのは誰？（解説・三島政幸）
ひ41

実業之日本社文庫　好評既刊

藤岡陽子
むかえびと
一分一秒を争う現場で、生まれくる命を守るために働く志高き助産師（むかえびと）たち。現役看護師作家がリアルに描く、渾身の医療小説。（解説・三浦天紗子）
ふ61

本多静六
私の財産告白
現代の私たちにいまなお新鮮に響く、日本が生んだ最高の「お金持ち哲学」。伝説の億万長者が明かす金銭と人生の真実。待望の初文庫化！（解説・岡本吏郎）
ほ21

本多静六
私の生活流儀
偉大な学者でありながら、巨億の富を築いた哲人が説く、健康・家庭円満・利殖の秘訣。時代を超えた先人の知恵、いよいよ初文庫化。（解説・渡部昇一）
ほ22

本多静六
人生計画の立て方
東大教授から蓄財の神様に！　理想を実現した成功者が贈る、豊かに生きるための設計図。いまなお光を放つ本多哲学の集大成、初文庫化。（解説・本田　健）
ほ23

真梨幸子
6月31日の同窓会
同窓会の案内状が届くと死ぬ!?　伝統ある女子校・聖蘭学園のOG連続死を調べる弁護士の凛子だが……先読み不能、一気読み必至の長編ミステリー！

ま21

実業之日本社文庫　好評既刊

モノカキ・アエル
くちぶえカルテット
―これが、私の「音」。声がコンプレックスな少女が、口笛を通して仲間と共に成長する爽やかな青春小説。Vtuber小説家、モノカキ・アエルデビュー作。
も91

山本幸久
ある日、アヒルバス
若きバスガイドの奮闘を東京の車窓風景とともに描く、お仕事&青春小説の傑作。特別書き下ろし「東京スカイツリー篇」も収録。（解説・小路幸也）
や21

山本幸久
あっぱれアヒルバス
外国人向けオタクツアーのガイドを担当したデコ。しかし最悪の通訳ガイド・本多のおかげでトラブルが続発で大騒動に…!?　笑いと感動を運ぶお仕事小説。
や23

椰月美智子
かっこうの親　もずの子ども
迷いも哀しみも、きっと奇跡に変わる――仕事と育児に追われる母親の全力の日々を通し、命の尊さ、親子の絆と愛情を描く感動作。（解説・本上まなみ）
や31

柚木麻子
王妃の帰還
クラスのトップから陥落した〝王妃〟を元の地位に戻すため、地味女子4人が大奮闘。女子中学生の波乱の日々を描いた青春群像劇。（解説・大矢博子）
ゆ21

実業之日本社文庫　好評既刊

司馬遼太郎、松本清張ほか／末國善己編
決戦！大坂の陣
大坂の陣400年！　大坂城を舞台にした傑作歴史・時代小説を結集。安部龍太郎、小松左京、山田風太郎など著名作家陣の超豪華作品集。
ん24

五木寛之・城山三郎ほか／末國善己編
永遠の夏　戦争小説集
戦後七十年特別編集。戦争に生きた者たちの想いが胸を打つ。大岡昇平、小松左京、坂口安吾ほか強力作家陣が描く珠玉の戦争小説集。
ん25

桜木紫乃、花房観音　ほか
果てる　性愛小説アンソロジー
溺れたい。それだけなのに——人生の「果て」に直面し、夜の底で求め合う女と男。実力派女性作家が狂おしい愛と性のかたちを濃密に描いた7つの物語。
ん41

芥川龍之介、谷崎潤一郎ほか／末國善己編
文豪エロティカル
文豪の独創的な表現が、想像力をかきたてる。川端康成、太宰治、坂口安吾など、近代文学の流れを作った十人の文豪によるエロティカル小説集。五感を刺激！
ん42

星新一、森茉莉ほか
猫は神さまの贈り物〈小説編〉
わがままで、ままならない、猫といういきもの。作家は、そこに物語を見出してきた。思わず頬ずりしたくなる、個性と愛に溢れた猫小説集。（解説・井上荒野）
ん91

実業之日本社文庫 ん92

猫《ねこ》は神《かみ》さまの贈《おく》り物《もの》〈エッセイ編《へん》〉

2020年12月15日　初版第1刷発行

著　者　谷崎潤一郎《たにざきじゅんいちろう》 奥野信太郎《おくのしんたろう》 木村荘八《きむらしょうはち》 寺田寅彦《てらだとらひこ》 大佛次郎《おさらぎじろう》
豊島与志雄《とよしまよしお》 白石冬美《しらいしふゆみ》 吉行淳之介《よしゆきじゅんのすけ》 長部日出雄《おさべひでお》
熊井明子《くまいあきこ》 夏目漱石《なつめそうせき》 中村眞一郎《なかむらしんいちろう》 柳田國男《やなぎたくにお》 山崎朋子《やまざきともこ》
黒田亮《くろだりょう》 島津久基《しまづひさもと》

発行者　岩野裕一

発行所　株式会社実業之日本社
〒107-0062　東京都港区南青山 5-4-30
CoSTUME NATIONAL Aoyama Complex 2F
電話 [編集]03(6809)0473 [販売]03(6809)0495
ホームページ　https://www.j-n.co.jp/

DTP　ラッシュ

印刷所　大日本印刷株式会社

製本所　大日本印刷株式会社

フォーマットデザイン　鈴木正道(Suzuki Design)

ISBN978-4-408-55639-0（第二文芸）